倪匡奇情作品集

木蘭花傳奇 21

龍宮

（含：金庫奇案、龍宮寶貝）

倪匡 著

目錄

金庫奇案

龍宮寶貝

【總序】

木蘭花VS.衛斯理——倪匡奇幻系列的兩大巔峰

秦懷玉

對所有的倪匡小說迷來說，《衛斯理傳奇》無疑是他最成功、也最膾炙人口的作品了，然而，卻鮮有讀者知道，早在《衛斯理傳奇》之前，倪匡就已經創造了一個以女性為主角的系列奇情故事，甫出版即造成大轟動，《木蘭花傳奇》遂成為倪匡眾多著作中最具特色與最受讀者喜愛的兩大系列之一；只因衛斯理的魅力太過強大，使得《木蘭花傳奇》的光芒被掩蓋，長此以往被讀者忽視的情形下，漸漸成了遺珠。

有鑑於此，時值倪匡仙逝週年之際，本社特別重新揭刊此一系列，希望藉由新的編排與介紹，使喜愛倪匡的讀者也能好好認識她。

《木蘭花傳奇》是倪匡以筆名「魏力」所寫的動作小說系列。原載於香港新報及《武俠世界》雜誌，內容主要是以黑女俠木蘭花、堂妹穆秀珍及花花公子高翔三人所組成的「東方三俠」為主體，專門對抗惡人及神秘組織，他們先後打敗了號稱「世界上最危險的犯罪集團」的黑龍黨、超人集團、紅衫俱樂部、赤魔團、暗殺黨、黑手黨、血影掌，及暹羅鬥魚貝泰主持的犯罪組織等等，更曾和各國特務周旋、鬥法。

如果說衛斯理是世界上遇過最多奇事的人，那麼打擊犯罪集團次數最高的，即非東方三俠莫屬了。書中主角木蘭花是個兼具美貌與頭腦的現代奇女子，在柔道和空手道上有著極高的造詣，正義感十足，她的生活多采多姿，充滿了各類型的挑戰；她的最佳搭檔：堂妹穆秀珍，則是潛泳高手，亦好打抱不平，兩人一搭一唱，配合無間，一同冒險犯難；再加上英俊瀟灑，堪稱是神隊友的高翔，三人出生入死，破獲無數連各國警界都頭痛不已的大案。

若是以衛斯理打敗黑手黨及胡克黨就得到國際刑警的特殊證明文件的標準來看，木蘭花在國際刑警的地位，其實應該更高。

相較於《衛斯理傳奇》，《木蘭花傳奇》是入世的，在滾滾紅塵中演出令人目眩神搖的傳奇事蹟。衛斯理的日常儼然是跟外星人打交道，遊走於地球和外太空之間，事蹟總是跟外星人脫不了干係；木蘭花則是繞著全世界的黑幫罪犯跑，哪裡有犯罪者，哪裡就有她的身影！可說是地球上所有犯罪者的剋星！

而《木蘭花傳奇》中所啟用的各種道具，例如死光錶、隱形人等等，一如倪匡慣有的風格，皆是最先進的高科技產物，令讀者看得目不暇給，更不得不佩服倪匡驚人的想像力。

尤其，木蘭花等人的足跡遍及天下，包括南美利馬高原、喜馬拉雅山冰川、北極、海底古城、獵頭族居住的原始森林、神秘的達華拉宮及偏遠隱密的蠻荒地區等，讀者彷彿也隨著木蘭花去各處探險一般，緊張又刺激。

《衛斯理傳奇》與《木蘭花傳奇》兩系列由於歷年來深受讀者喜愛，書中主要角色逐漸由個人發展為「家族」型態，分枝關係的人物圖越顯豐富，好比《衛斯理傳奇》中的白素、溫寶裕、白老大、胡說等人，或是《木蘭花傳奇》中的「天使俠女」安妮和雲四風、雲五風等。倪匡曾經說過他塑造的十個最喜歡的小說人物，有三個在木蘭花系列中。白素和木蘭花更成為倪匡筆下最經典傳奇的兩位女主角。

在當年放眼皆是以男性為主流的奇情冒險故事中，倪匡的《木蘭花傳奇》可謂是開創了另一番令人耳目一新的寫作風貌，打破過去女性只能擔任花瓶角色的傳統窠臼，以及美女永遠是「波大無腦」的刻板印象，完美塑造了一個女版〇〇七的形象。猶如時下好萊塢電影「神力女超人」、「黑寡婦」等漫威女英雄般，女性不再是荏弱無助的男人附庸，反而更能以其細膩的觀察力及敏銳的第六感，來解決各種棘手的難題，也再一次印證了倪匡與眾不同的眼光與新潮先進的思想，實非常人所能及。

《女黑俠木蘭花傳奇》共有六十個精彩的冒險故事，也是倪匡作品中數量第二多的系列。每本內容皆是獨立的單元，但又前後互有呼應，為了讓讀者能更方便快速地欣賞，新策畫的《木蘭花傳奇》每本皆包含兩個故事，共三十本刊完。讀者必定能從書中感受到東方三俠的聰明機智與出神入化的神奇經歷，從而膾炙人口，成為讀者心目中華人世界無人能敵的女俠英雌。

金庫奇案

1 挑戰木蘭花

漫長的夏季早已開始了，氣候十分炎熱，來來往往的人，莫不揮汗如雨，雖然到了夜幕低垂之際，仍然一樣熱得使人喘不過氣來。

但是，在金通銀行的大堂中，卻是根本不知人間有暑熱的，雖然大堂之中有那麼多人，然而空氣仍然是那樣清涼。

金通銀行是本市三大銀行之一，規模宏大，資本雄厚，信譽昭著，「金通銀行」四個字，等於已成了財富的代名詞了。

今天，在金通銀行的大堂中，衣香鬢影，擠滿了衣著入時的男女，因為金通銀行正在舉行一個盛大的酒會，而舉行酒會的原因，是金通銀行投下巨額的資金、足足費了三年時間所建造的金庫，已經完成了。

那金庫是好幾國的專家精心設計的，金庫在建成之後，不但要儲放本市庫存的黃金，而且還出租給市民，儲放最貴重的物品。

自然，大量的現鈔，也是金庫中的「住客」之一。

這一切，全是歹徒想得到的東西，因此，金庫的構造自然是十全十美，毫無漏洞，使得世界上任何竊賊都不能非法地去碰一碰金庫中的東西。

早在一個月之前，工程快完工時，那一批設計金庫的專家在離開本市之前，銀行方面就曾為他們安排了一個記者招待會。

在記者招待會上，工程設計的主任委員——一位世界著名的保險庫專家，便曾作出豪語，道：「世界上沒有一個人，可以非法進入這座金庫！」

當時就有記者問：「任何人都包括在內？」

那位專家的回答十分肯定，道：「是的，任何人都不能，包括每一個人，甚至是各位都久聞其大名的女黑俠木蘭花在內！」

那位專家的話，當時便在會場上引起一陣騷動，有的報紙，還以「銀行金庫向木蘭花挑戰」為標題，刊出了這則新聞。

自然，也立即有記者造訪木蘭花，問她對那位專家的話有什麼意見，木蘭花只是微笑著道：「沒有，沒有任何異議。」

於是，銀行方面立時又刊出了大幅廣告，廣告詞是：「沒有任何人能擅自進入的金庫」，在大字之下還有一些小字，是：「包括女黑俠木蘭花在內」。

由於女黑俠木蘭花是全市聞名的人物，是以那廣告的效率之高，是可想而知的，據說，廣告刊出後三天，金庫內七千餘個貴重物品儲存箱，便已預租一空，銀行方面，自然是笑逐顏開了。

可是，安妮為了這件事，卻十分生氣。

當大幅廣告刊在報紙上的時候，安妮曾揚著報紙道：「蘭花姐，這太豈有此理了，非給他們一點顏色看看不可，哼！」

木蘭花都只是微笑著，道：「安妮，那只不過是商人的噱頭而已，商人的手段本就是無所不用其極的，又何必生氣？」

可是安妮卻仍然很生氣，所以，當酒會舉行的那天，木蘭花催安妮到酒會去的時候，安妮噘起了嘴表示不高興，道：「我不去，他們太欺負人了！」

木蘭花微笑道：「好，你不去的話，就留在家中。」

安妮側著頭，卻又改變了主意，道：「好，我去，去看看那金庫究竟怎樣堅固法，去看看它的防盜系統究竟怎樣完美。」

木蘭花打趣地道：「安妮，你要去察看那些，不是為了打它的主意吧？」

安妮也笑了起來，道：「那可說不定！」

她們一起大笑了起來，自從穆秀珍搬出去之後，屋子中已好久沒有那麼熱鬧了。

在她們的笑聲中，她們聽到了兩下汽車喇叭聲，那是高翔來接她們了。

安妮的那副枴杖已運用得非常之純熟，是以她向外衝出去之勢，幾乎比木蘭花還快。

她們上了車，高翔道：「蘭花，你肯去參加酒會，陸德這老頭子一定高興極了，他說過，在酒會結束之後，他會留下一些人去參觀那金庫。」

木蘭花笑道：「那太好了，安妮正想打金庫的主意呢。」

高翔也笑了起來。車子迅速地向前駛去，二十分鐘之後，便已到了金通銀行的門口，那時，已經是夕陽西下時分了。

高翔、木蘭花、安妮三人才一下車，幾個銀行董事和高級職員便親自迎了出來，而當木蘭花出現在大堂中的時候，酒會也到了最高潮。

金通銀行的董事長陸德——亞洲著名的大富豪，由一個美麗的女護士陪著，向木蘭花走了過來，他和木蘭花握著手，不住道：「謝謝你的光臨。」

木蘭花微笑點頭為禮，不論是不是和木蘭花相識的，都來到木蘭花的身前，彷彿和木蘭花講上一句話，都令他們感到十分高興。

酒會的氣氛極其和諧熱鬧，到了八時，來賓已陸續散去了，最後，只有大約三十位貴賓留了下來，這三十位是真正的貴賓，他們是在酒會進行中，由陸德董事長親口通知，請他們留下來，參觀那新完成的十全十美的金庫。

當賓客都離去之後，工作人員開始收拾大堂，陸德董事長的興致十分高，他大聲道：「各位，本銀行金庫可以說是世界上最完美的，它就在大堂的下面，上下和四面，全是六呎厚的鋼骨水泥，即使用最猛烈的炸藥，也難以炸得開它。」

三十位貴賓都發出讚嘆聲，只有安妮撇了撇嘴。

陸德在護士的攙扶和銀行總經理的陪同之下向前走去，各人皆跟在後面。

陸德繼續道：「整個金庫，二十四小時不輟，由二十四名警衛人員警衛，它的電視系統，使另一批警衛人員在警衛室中，可以完全看清金庫內部的情形。」

聽到的人，又自然發出一陣驚嘆聲來。

這時，他已來到了一幅十分巨大的壁畫之前，他舉了舉手，又道：「站在這裡的人，警衛室中可以看得清清楚楚，所有的門全是電腦控制的，由警衛室的人控制，警衛室也在金庫之中，而這裡，是出入金庫的唯一通道，平時，有四名武裝警衛守衛著。」

陸德的年紀已相當大了，但是他還是滔滔不絕地介紹著，分明是他十分得意，因為那金庫可以使他的銀行揚名全世界。

在陸德說話間，那幅壁畫向旁移了開去，壁畫移開之後，出現了一道鋼門，那鋼門也在緩緩向外移開，鋼門移開之後，是通向地下的樓梯，樓梯約有十五呎高，樓梯的盡頭，又是另一道鋼門，陸德由護士扶著，向樓梯下面走去。

他一面走，一面仍然在說著話。他道：「這裡的兩面牆壁，都有交叉的紅外線放射設備，銀行一下班，就開始發生作用，一隻蒼蠅要飛過也得小心翼翼才行。」

陸德自以為講了一句十分幽默的話，是以話一講完，他就哈哈大笑了起來。當然，幾乎所有的人都跟著他笑了。

木蘭花向安妮望了一眼，安妮突然道：「那麼，租給市民使用的保管箱，也是在這些由警衛室控制的鋼門之內麼？」

「當然是。」陸德回答。

「保管箱一共有七千多個，每天來保管箱存取、提放東西的人，會有好幾百個，難道每一個人來，都要開門或者關門一次麼？」安妮再問。

「當然不，小姐。」陸德回答：「在辦公時間內，這兩道門是開著的，但是一共有八名武裝守衛，看守著這兩道門。」

陸德瞥了樓梯下的一道門，那時，這道門已經在緩緩地移開來。

那道鋼門，足有一呎厚，在門內，是一間很大的地下室，地下室的四壁，全是一格一格的保管箱，總共有七千多格之多。

眾人來到了這個出租保管箱的地下室中，驚嘆之聲已是不絕於耳了。

陸德特地來到木蘭花的身邊，道：「你認為有擅自進入的可能麼？」

木蘭花未曾回答，安妮已道：「當然有。」

安妮那一句簡單的話，令所有的人都靜了下來，並以驚愕的神色望定安妮。

安妮道：「租一個保管箱，隨時都可以進來了。」

安妮的話，引起了一陣笑聲，因為這句話，聽來是十分稚氣的。

連陸德也笑了笑，道：「這位小姐倒真幽默。」

大概只有木蘭花和高翔在聽了安妮的話後，心中動了一動，因為安妮好像是在說笑，但是事實上，卻絕不是說笑。

安妮說得對，只要租上一個保管箱的話，就隨時可以進出了，銀行方面，自然是不能拒絕顧客出入的，而且，也不可能用武裝警衛去監視每一個顧客的行動。在旁人看來，那兩道鋼門可稱得上堅固無比，但是至少在安妮、高翔和木蘭花三人的眼中，那兩道門是形同虛設的。

當然，能想到這一點的，也必絕不止他們三人，所以在那一瞬間，木蘭花不禁皺了皺眉，同時，她也向安妮搖了搖手，示意她別再講下去，以免將氣氛弄得不愉快。

陸德帶著眾人，繼續向前走著。

眾人穿過了那足有兩千平方呎的地下室，來到了一道鐵柵之前，從鐵柵中望進去，可以望到一條三十呎的走廊，那走廊中，一共有五道鐵柵之多。

陸德站定了身子，道：「只有副總經理、總經理、副董事長和我四人，及由政府指定的官員和臨時指定的銀行職員，才可以進入這個走廊，這幾道鐵柵都沒有鑰匙，我們四個人的臉，就是通行證，警衛室的人從電視上看到我們中的任何一個人，才會打開門來。」

在各人都表示佩服那種特殊設計時，安妮忽然「噗嗤」一聲笑了出來，道：「請問，如果你們四個人忽然都死了呢？」

木蘭花忙道：「安妮！」

陸德的面色一沉，顯然他的心中已很不高興了，可是安妮是和木蘭花一起來的，他雖然不高興，也只好忍了下來。

總經理連忙打圓場，道：「或許各位會說，現在化裝術已發展到了登峰造極的地步，將一個人化裝為另一個人，完全沒有破綻，是可能的，那麼豈不是一個大大的漏洞麼？但事實上卻絕不，各位請看，這裡就是萬無一失的保障！」

他指著鐵柵旁，一塊白色、一吋見方的東西。

「那是什麼？」立即有人問。

總經理將右手的食指輕輕按在那白色的一方上，道：「我一將手指貼上去，電腦便檢查我的指紋，確定是我本人了，才會發出信號，在沒有發出那信號之前，警衛室的人員就算要打開門，也是不可能的，那就是美妙的設計。」

這一次，改由總經理帶頭向前走去，每經過一道鐵柵，總經理都要將手指在電腦指紋檢查板上輕輕地按上一下。

過了五道鐵柵後，是一個大約兩百方呎的空間。

在那空間中，有三道門，左、右兩道是圓形的大鋼門，面對著眾人的，則是一道狹長的鋼門，和普通的房門差不多。

陸德指著面對他們的門，道：「這便是警衛室的門。」

木蘭花第一次發出問題，她問道：「怎樣可以進警衛室的門呢？」

「我們有四位警衛主任，全是最可靠、有最良好紀錄的警官，」陸德向高翔望了一眼，「高主任可以證明他們的品德。」

高翔點了點頭。

陸德道：「這四位警衛主任，每位當值六小時，每一位主任，有四名助手，換班的時候，五個人一起進來，由當班的警衛主任開門，即使我要進警衛室，也要經過警衛主任的批准！」

木蘭花點頭道：「看來真是沒有漏洞的了。」

「自然是！」陸德洋洋自得地說，他指著左右那兩扇圓形的鋼門，道：「那兩扇門，一扇通往儲藏大量金塊、金條的金庫，另一扇，則通向儲存大量現鈔的庫房，各位可以看到裡面的情形，黃金和現鈔已在兩天前秘密存放進去了……」

陸德又揚了揚手，左、右兩扇圓門一起向旁移了開去，而那扇圓門移開之後，眼前所出現的情形，實在是令人心動的。

在左邊，全是堆得整整齊齊、大小不同的金塊，而右邊，則全是現鈔；在鋼架之上堆積如山的鈔票，看得人眼花撩亂。

陸德笑著道：「各位或許以為到了這裡，已是金庫的最後防守，可以碰到黃金和鈔票了？如果那樣想，那就錯了。」

陸德的話，令得參觀金庫的人都有愕然之感，因為在黃金和鈔票之間，已實在沒有什麼阻隔的了，任何人如果到了這一地步，一定是可以隨心所欲地攫取黃金和美鈔的。

陸德微笑著道：「哪一位願意走向前去試試？如果取到鈔票的話，可以取多少，銀行就願意將取到的鈔票奉送。」

這是十分令人感興趣的事，人叢之中，立時傳出了交頭接耳的聲音，有人笑道：「一定有武裝警衛躲在隱藏的地方！」

陸德笑道：「絕對沒有。」

一個中年人道：「好，我去試試。」

那中年人大踏步向前走去，走過了鋼門，已走進金庫之中，那時，許多人的心中都不禁十分後悔，因為眼看那人可以滿載而歸了，人人都在想，我為什麼不去試試呢？因為實在是沒有什麼東西在阻隔著了。

可是，就在此際，只聽得「砰」地一聲響，那中年人已不知撞在什麼東西上，那一下，使得那中年人變得狼狽之極。

他連忙向後退來，額上立時紅了起來，他摸著額頭，現出十分尷尬的神情來，他又伸手向前摸去，然後他叫了起來：「玻璃？」

陸德像是做了一個惡作劇的孩子一樣，大聲轟笑了起來，道：「對了，那是鋼化玻璃，槍彈也打不進的，這是最後的一道防設。」

高翔也不禁失聲道：「真妙。」

木蘭花卻皺了皺眉，但是她皺的眉立時又舒展了開來，好像是她已想通了一個問題一樣，而那時候，安妮一直用懷疑的眼光看著她。

顯然是安妮在剎那間也想到了同樣的問題，但是她卻沒有像木蘭花那樣，立時將問題想通，所以她才望著木蘭花的。

木蘭花卻並不回答安妮的問題，安妮也不再說什麼。

陸德大聲道：「各位，參觀到這裡為止了，希望各位不吝指教。」

眾人都一致讚美著金庫的設備完美，簡直是無懈可擊，木蘭花、高翔和安妮卻沒有說什麼，只隨著眾人一起走了出來。

他們三人上了車，木蘭花才道：「高翔，到我家中去坐一坐怎樣？我想，我們應該更深入討論一下有關那金庫的事。」

「當然，我是警方人員，金庫的四位警衛主任，也是在接到了銀行的請求之後，經過我和方局長嚴格挑選之後才派出去的。」

安妮好幾次想張口說些什麼，但是她看到木蘭花閉著眼睛在養神，便忍了下去，而沒有將要講的話在車中講出來。

等到他們回到家後，安妮實在忍不住了，才在沙發上一坐下來，就大聲道：「蘭花姐，現在可以開始討論了麼？」

木蘭花笑道：「可以了，請安妮小姐第一個發言。」

「陸德是一個老糊塗，」安妮說：「那道鋼化玻璃門，他不應該讓人家知道的，現在誰都知道了，作用便大打折扣了。」

木蘭花笑道：「安妮，你怎麼不想深一層，那樣的鋼化玻璃門可能有兩道、三道，甚至更多，陸德不會笨成那樣的。」

安妮一怔，立時笑了起來，道：「真是，蘭花姐，原來你當時立即就想到了，而我卻一直到回到家中，還未曾想出來。」

木蘭花又道：「那金庫還有一個很矛盾的地方，他們可曾注意到？安妮曾說，如果正副董事長、正副總經理一起意外死亡怎麼辦，但那仍是不要緊的，至少還有二十個人可以出入，那二十個人就是四個警衛主任，和他們每人的四個下屬，電腦一定也有他們的指紋記錄。」

安妮和高翔都點著頭。

木蘭花又道：「整個安全系統最大的缺點，便是依靠人的地方太多了，設計者或者以為人比機器聰明，但是他們卻沒有考慮到，不論是什麼人，都是有弱點的，太依靠人力的防衛系統，相對的，也就是有很多弱點可尋的防衛系統。」

高翔和安妮兩人都不出聲，因為他們都覺得木蘭花的分析十分有道理。

木蘭花最後又道：「而且，銀行方面太自信了。」

安妮道：「蘭花姐，你的意思是，那金庫絕不是無法攻破的？」

「可以說是。」木蘭花回答。

安妮十分興奮，道：「那麼蘭花姐，我們可以設法攻破它，給陸德這老頭子一點顏色看看，也好叫他改一改那廣告。」

「你老是念念不忘那廣告！」木蘭花瞪了安妮一眼。

自從那天起，銀行方面為了那金庫，又刊登了好幾次廣告。廣告刊在世界各地，木蘭花可以說是舉世聞名的，所以廣告詞也沒有變更。

每次一看到廣告，安妮總要發幾句牢騷，木蘭花總是笑笑。

有一次，木蘭花笑道：「安妮，還好秀珍不在，要不然，你們兩人向我聯合進攻，我可受不了呢。」

說巧，就是那麼巧，木蘭花上午才講了那句話，下午，就接到穆秀珍從瑞士打來的長途電話，穆秀珍在電話中嚷道：「蘭花姐，怎麼一回事？」

木蘭花給穆秀珍那麼一嚷，只感到莫名其妙。

而穆秀珍根本不給木蘭花時間問究竟是什麼事，便繼續叫道：「給人家欺負到頭上來了，蘭花姐，你一定有反擊的計劃了？」

木蘭花笑著道：「秀珍，我不知道你說些什麼？」

「金通銀行的廣告！難道你沒有看到麼？」穆秀珍叫著：「那太豈有此理

了，陸德這老頭子，他怎敢那樣放肆，哼！」

木蘭花忍不住哈哈大笑了起來，她道：「好，秀珍，這裡倒有一個人是和你志同道合的，安妮，快來聽電話，是秀珍從瑞士打來的。」

安妮從樓上直衝了下來，從木蘭花的手中接過了電話來。

安妮對著電話，慷慨激昂，足足講了二十分鐘之久才放下電話。放下電話之後，安妮一本正經地道：「秀珍姐交了一件任務給我。」

木蘭花在翻著一本畫報，那是一份幾個探險隊在非洲心臟地區探險回來之後的記錄，她隨口回答：「我看你難以完成這個任務。」

安妮一怔，道：「你知道那是什麼任務？」

「當然知道，」木蘭花連頭也不抬，「秀珍要你負責說服我，和金通銀行的金庫過不去，顯一點本領給他們看看，對不對？」

安妮連連點頭，道：「應該那樣！」

木蘭花用十分肯定的語氣道：「安妮，你以後再也不必在我面前提起這件事了，我絕對不會和你們一起去胡鬧的。」

安妮現出十分失望的神色來，坐在沙發上一言不發。

木蘭花偷眼望了她幾次，見她仍然在生氣，只覺得十分好笑。

2「蒙面大盜」

有關金通銀行金庫的小風波，似乎已過去了，安妮在以後的幾天中，的確未曾再向木蘭花提起這件事，雖然木蘭花可以看得出，她心中仍在想著那事情。

在穆秀珍自瑞士打長途電話來之後的第四天。

上午，日頭猛到叫人向室外看上一眼都會目眩的地步，木蘭花和安妮都在陽臺上，陽臺上掛著中國式的綠色竹簾，那一股幽幽的綠色，使人有一股異常清涼的感覺，而不覺得正在炎夏時節。

高翔就在那時來的。

他的車子突然停下，然後，木蘭花和安妮都聽得他在叫著木蘭花的名字，又見到他匆匆地推開鐵門，慌慌忙忙地奔了進來。

木蘭花雙眉略揚了一揚，道：「一定有什麼事了。」

安妮揚聲叫道：「高翔哥哥，我們在樓上。」

高翔幾乎是衝進來的，他抹著汗，直來到了陽臺上，叫道：「安妮，替我去弄一杯冰水來，要大一點的杯子，唉，天真熱。」

安妮立即支著枴杖離去。

木蘭花望著他，道：「你不見得是為了喝水才來的吧？不論有什麼要緊的事，先坐下來，歇歇再說，我想，事情不是很嚴重，對麼？」

高翔的臉上現出了一個很奇怪的神色來。

木蘭花一笑，道：「那是可想而知的，事情如果很嚴重，那你一定忙於處理，不會有時間來，至多和我用電話聯絡了。」

高翔點頭道：「是的，事情不算很嚴重，只是古怪，但也可以說嚴重。」

安妮已端了杯冰水來，問：「什麼古怪事？」

高翔一口氣將冰水喝了大半杯，才道：「金通銀行的金庫出了意外。」

木蘭花「哦」地一聲，道：「那還不嚴重？」

「可是，並不是失去了什麼，而是在金庫之中多了一樣東西，我才接到銀行方面的報告，就立時趕來，接你們一起去看看了。」

「多了一件什麼？」木蘭花問。

「據警衛室的報告說，在儲藏大量現鈔的金庫之中，發現了一個蒙面大盜——」高翔講到這裡，又喝了一大口冰水。

安妮「啊」地一聲叫了起來，道：「好啊，什麼人有那麼大的本領，這個蒙面大盜怎麼了？」

木蘭花望了安妮一眼，道：「安妮，你激動的情緒令你變得粗心了，你沒有聽高翔說，金庫中發現了一件東西，不是人？」

「可是他說一個蒙面大盜？」

「你應該想深一層，那多半是一個橡皮人，或者是充氣的玩具人，是不是？」木蘭花轉向高翔，詢問著。

「是，是一個充氣的橡皮假人，據說和真人一樣，我已通知銀行方面，絕不可以碰到那假人，等候我們前去調查。」高翔回答。

安妮卻拍起手來，道：「那也是一樣的，假人自己不會走，自然是真人帶進去的，這個人真了不起，蘭花姐，這人——」

安妮講到這裡，突然停了下來，望定了木蘭花，她臉上的神情也十分古怪。

木蘭花已立時知道她心中在想些什麼了，是以她立時叱道：「安妮，別胡思亂想。」

安妮還不肯死心，又問道：「那不是你？」

「當然不是——」木蘭花回答。

安妮笑了起來，道：「那或許是四風哥和秀珍姐。」

木蘭花大聲道：「安妮，他們正在東非洲獵犀牛。」

安妮道：「總之是有一個人，走進了金通銀行的金庫，放下了一個假人，然後就離開了，蘭花姐，這麼說總不錯了吧？」

木蘭花點了點頭，道：「是。」

安妮道：「我說那人真了不起。」

「我也承認，走，我們到銀行去看看。」

木蘭花站了起來，他們三人一起登上了高翔的車子，直向銀行駛去。

他們到銀行的時候，銀行的營業時間還未曾過，看來和平時似乎沒有什麼不同，但木蘭花一眼看出，銀行大堂中至少佈滿了幾個便衣探員。而且，從迎出來的總經理的臉色上，也可以顯著地看出他心中的不安。

他道：「高主任，已經派人去通知董事長了。」

「為什麼派人去？」木蘭花問。

「董事長在別墅中休息，那別墅是沒有電話的，董事長不喜歡他休息的時候有人吵他。」總經理回答著，不斷地搓著手。

木蘭花問：「我們等他？」

「不，不，」總經理忙說：「我們可以先到警衛室去，那金庫的門還未曾打開過，但如果我們到警衛室去的話，一樣可以看到金庫中的情形的。」

木蘭花點了點頭，沒有再說什麼。

他們一行人向前走去，由於還是在銀行的辦公時間之內，所以，這間金庫的第一道門和石級之下的那道門是開放著的。

雖然在那兩道門前都有著武裝的守衛，但是進出的人仍然相當多，那些進出的人，自然都是租用保管箱的人了。

他們經過了那兩道門，便走進那條有五道鐵柵的走廊，這一次和上次陸德帶他們來參觀的時候不同，經過那條走廊之後，便看到警衛室的門打開著。

有一個十分英武的中年人，穿著銀行守衛的淺藍色制服，站在門口，那中年人一見到高翔，便立時迎了上來，敬了一個禮，道：「高主任？」

高翔點了點頭，向木蘭花道：「蘭花，這位是莫警官，他是警方推薦來的，四位警衛主任之一。莫警官，事情是怎麼發生的？」

莫警官道：「請進來，各位進來看看就明白了。」

木蘭花等人走進了警衛室，警衛室十分寬大，有一列控制臺，控制臺前，全是電視的螢光幕，不下十餘幅之多。

從電視螢光幕上，可以看到銀行大堂的情形，可以看到金庫入口處的情形，可以看到保管箱儲放的情形，也可以看到有鐵柵的那條走廊。

一句話，只要坐在那列控制臺前，整個金庫的通道便可以一覽無遺，發生了任何事，都逃不出監視者的目光。

而在黃金庫和現鈔庫的情形，卻稍有不同，出現在電視螢光幕中的畫面是移動的，而不是靜止的，莫警官帶著他們，來到了一組三幅螢光幕前，道：「各位請看，立時就可以看到那出現在金庫中的橡皮充氣人了，那其實是不可能的。」

在莫警官講話之際，他們在螢光幕上看到的，只是鋼架上一堆一堆的鈔票，但突然間，他們看到了那個橡皮充氣人。

當他們看到那橡皮充氣人之際，莫警官按下了一個掣，螢光幕上的畫面便固定了下來，不再移動。

莫警官解釋道：「在金庫中的電視攝像管是自動的，每一分半鐘，環繞金庫一次，但是也可以藉控制而將之固定在一個地方。」

「你們是怎麼發現那橡皮人的？」高翔問。

這時，每一個人都看清楚那橡皮人了，那橡皮人其實一點也沒有什麼特別之處，它約有五呎高，和真人差不多大小。那自然是小孩子的玩具，它被做成一個蒙面大盜，站在滿是鈔票的鋼架上，看來不是十分穩，像是隨時可以跌倒一樣。

那樣子的橡皮人，自然並不出奇，可是此際在警衛室的每一個人，全都皺起了雙眉，因為事情實在太奇怪了，在防守如此之嚴密的金庫之中，真要飛進一隻蚊子去，都不是容易的事，那橡皮人是怎麼進去的？帶它進去的人又在哪裡？

莫警官苦笑了一下，道：「一切都很正常，我們注視著電視螢光幕，前一分鐘，那地方還是什麼都沒有的，後一分鐘，當鏡頭自動移到那地方時，我們就看到了那橡皮人，我們立時檢查所有的防衛系統，發現一點毛病也沒有。」

木蘭花問道：「一點毛病也沒有？那是什麼意思？」

莫警官攤了攤手，道：「那就是說，根本沒有人走進金庫去，從那種跡象來看，那橡皮人是突然在金庫中冒出來的。」

「莫警官，」高翔的聲音十分嚴肅，「有這可能麼？」

莫警官嘆了一聲，道：「我明知沒有這個可能，但是事實的確如此，因為防衛系統絕沒有失靈，但是它卻未曾發出絲毫警報。」

木蘭花和高翔兩人不再出聲，他們的心中都感到十分奇怪，木蘭花也同意高翔的話，如果說那橡皮人是突然之間自己從地上冒出來的，那真是不可能的事，橡皮人是沒有生命的，它能進金庫去，當然是被有生命的人帶進去的。

但是問題就來了，什麼人能夠帶著那麼大的一個橡皮人任意進去，而不被如此嚴密的防衛系統察覺呢？

想了好一會，木蘭花才道：「莫警官，當你們發現了那橡皮人之後，你們自然更加加強警衛工作，加倍小心的了，是不是？」

「是。」莫警官回答。

木蘭花緩緩地道：「我們假設，有一個人越過了種種警戒。進入了金庫之中，放下了那個橡皮人——」

當木蘭花講到這裡的時候，高翔、安妮和莫警官三人卻不約而同苦笑著，搖起頭來，因為那實在是沒有可能的事。

木蘭花看到了他們的表情，略頓了一頓，才道：「當然，那只是假設，假設那人放下了橡皮人，他至多只有一分鐘的時間可以離去，因為橡皮人在一分鐘之內，必然會被發現。莫警官，你認為是不是有可能，那人也還在金庫之中呢？」

莫警官的臉色十分蒼白，那自然是由於此時他負責警衛的金庫之中發生了那樣神奇而不可思議的怪事。但是，莫警官的神情卻還是十分堅決，口氣也十分堅定，這說明他是一個訓練有素，極有經驗的警官。

他道：「蘭花小姐，我根本無法回答你這個問題，因為那是不必要的假設，我可以肯定地說，根本沒有人進去過金庫。」

安妮立即道：「如果沒有人進去過金庫，那麼這個橡皮人又是怎麼會在金庫之中的呢？就算它自己走進去，那也是說有人進去了。」

莫警官再嘆了一聲，道：「我不知道，我無法解釋。」

木蘭花又向電視螢光幕望了片刻，才轉過頭來，對總經理道：「請你打開庫門，讓我們到金庫之中實地去察看一下。」

總經理道：「那……我不能決定，要等董事長決定。」

木蘭花雙眉揚了一揚，總經理忙又解釋道：「事實上，如果董事長未到的話，我們也根本無法進入金庫，因為庫中有幾道隱蔽的門，要他來了，才能打得開。」

木蘭花「嗯」地一聲，道：「那樣說來，你也認為根本不可能有人進入金庫的了？」

總經理考慮了一下，道：「是的。」

木蘭花向電視指了一指，道：「別將鏡頭固定在一個地方，讓它如常地移來移去，再讓我仔細觀察一下整個金庫的情形。」

莫警官忙答應著，他又按下了掣，螢光幕上的畫面開始移動，每一個人都聚精會神地看著，金庫中實在很平靜。

在螢光幕上看來，一點也看不出有什麼異樣來，但是每隔一分半鐘，就可以在螢光幕上看到那橡皮人一次，真是礙眼至極。

木蘭花的雙眉越蹙越緊，從她的神情看來，可以知道她對這件事還是一點頭緒也沒有，那實在是太不可思議的一件怪事。

過了足有半小時之久，木蘭花才不再注視電視螢光幕，而慢慢地向外踱去，到了警衛室外面，金庫的那扇圓形的鋼門之前。

木蘭花一走出去，各人便跟在她的後面。

木蘭花望了鐵門半晌，才道：「總經理，在平常，有哪些人是可以進入這金庫的，或者說，是必須進入這金庫的？」

總經理道：「我和董事長是每天都要進去的，每星期一次，和我們一起進去的，是政府的銀行監督，來點查銀行庫存的現金數字。」

「你們工作的程序如何？」木蘭花再問。

「我們只不過是提著一具手提計算機，繞金庫走一遭，將標明的數字逐點記下來，看看和總數是不是相符，」總經理回答著，「根本碰也碰不到鈔票的，在我們三個人走進金庫期間，有兩個武裝警衛守在庫口，不准任何人接近。」

「你們那樣工作，通常要多久？」

「如果只有我和董事長兩人，那麼只要十五分鐘就可以了，由我將現鈔放在一輛車子中，推進金庫去，放在鋼架上，標明數字，董事長在一旁監督著，十五分鐘一定可以完事了，政府派人來的時候，那大約需要四十分鐘左右。」

木蘭花點著頭，道：「沒有別人進去過？」

「沒有。」總經理的回答很肯定。

「今天需要庫存的現金，存進去了沒有？」

「沒有，我和董事長約好，他五點鐘會來。現在他可能提早來，因為我已派人到他的別墅中告訴他，金庫之中——」

總經理的話還未說完，就聽到陸德的聲音。

陸德的年紀雖然很大，可是他的聲音卻還是十分洪亮，他是一面嚷叫著，一面衝進來的，他叫道：「不可能，那是不可能的。」

他和副總經理一起經過了那條有五道鐵柵的走廊。當他看到了木蘭花之後，呆了一呆，然後又大聲道：「究竟怎麼了？」

總經理忙道：「董事長請先到警衛室來看。」

陸德跟著總經理走進了警衛室，他一直在嚷叫著，但是突然之間聽不到他的聲音了。

木蘭花雖然沒有跟進去，但是也可想而知，陸德忽然之間不叫嚷了，是因為他已在電視上看到了那個在金庫之中的橡皮人。

一分鐘之後，陸德便走了出來。

當他走出警衛室的時候，他面上的神情充滿了疑惑，自然，他的面色也毫無例外地變得十分蒼白，他的手也在發著抖。

他向高翔和木蘭花指著那扇圓形的鋼門，道：「那……那是怎麼一回事？」

「現在還沒有人知道，」高翔回答，「請你下令將門打開，好讓我們進去實地察看一下，才能夠明白究竟是怎麼一回事。」

陸德略呆了一呆，才道：「好的，但是我有一個請求。」

「請說。」高翔催促著。

「這個金庫，還有一些設計是很秘密的，在公開招待外界參觀的時候，我們自然未曾展示那些設計，所以，要請幾位保守秘密。」

陸德在講那幾句話之時，特別向木蘭花和安妮望了一望，安妮立時冷冷地道：

「我看也不必特別保守秘密了，金庫有人可以隨便進出，還有什麼秘密可言？」

陸德的臉容十分惱怒，他固執地道：「沒有人可以隨便進出這金庫，絕對沒有。」

高翔沉聲道：「董事長，請你正視現實……」

陸德板著臉，好一會不出聲，才道：「不會有人可以自由進出的，那實在是不可能的事，高主任，你也該承認這一點。」

高翔苦笑了一下，陸德的固執絕不是沒有理由的，他也認為有人自由進入金庫，放下了一個橡皮人，再神不知鬼不覺地出來，實在是不可能的。但是，那橡皮人卻又的確在金庫之中。

所以，高翔只好對陸德的問題避而不答，他道：「董事長，你還是快下令打開門，讓我們進金庫去，要不然，是不會有什麼結果討論出來的。」

陸德又猶豫了片刻，像是在考慮，是不是應該讓木蘭花等人進金庫去一樣，然後，他才一面揚起手來，一面道：「好。」

當他揚起手來之後不久，他們面前的那扇鋼門便已移了開去，鋼門一移開，已可以看到金庫中的情形了，但是卻還看不到那橡皮人，因為，那橡皮人在幾列鋼架的後面。

陸德向前指了一指，道：「在鋼門之內，一共有三道玻璃門，在公開招待的時候，只展示了一道。」

木蘭花微笑了一下，陸德還以為那是一個秘密，但是對她而言，那根不不是什麼秘密，她早已料到這一點了。

陸德向前走去，眾人跟在後面，兩名武裝警衛立時守在門口，莫警官也守在門口，未曾跟進金庫去，進金庫的只有陸德、總經理、副總經理、高翔、木蘭花和安妮六個人。

陸德走到了一扇玻璃前，又揚了揚手，一陣「沙沙」的聲響過處，玻璃門移了開來。

木蘭花忽然問道：「這玻璃門如此乾淨，纖塵不染，是由什麼人來負責清潔的？」

「不必由人來清潔，」總經理回答，「玻璃經過特種的防塵液處理，表面上帶有大量的陽電子，灰塵根本不能沾上去的。」

木蘭花點了點頭，道：「很聰明。」

他們繼續向前走著，陸德走在最前面。他突然又站住，然後轉身，走向牆前，取出一柄鑰匙來，那鑰匙是一塊扁平的鐵牌，上面有很多細密之極的紋路。那是一柄磁波鑰匙，是絕對無法仿造的。

陸德將鑰匙插進一道縫中，又是一陣沙沙響，第二道玻璃門也打了開來，然後是第三道玻璃門，打開了三道玻璃門，他們才進入金庫之中。

一進入金庫之中，陸德便道：「點存現鈔，看有沒有損失？」

總經理忙取出一疊表格來，和副總經理一起查點現鈔，高翔、木蘭花和安妮直向那橡皮人所在地點走了過去。

他們看到那橡皮人了。

即使他們看到了橡皮人，那橡皮人仍然沒有任何特異之處。特別怪異的是，這個橡皮人竟會出現在那樣嚴密的金庫之中。

木蘭花可以肯定金庫中的鈔票沒有損失，因為就在那橡皮人之旁，架子上全是一整疊大面額的鈔票，在一大堆鈔票之上的那張封條，一點也沒有損壞。

木蘭花來到了離那橡皮人十分近的地上，她實在也發現不了那橡皮人有什麼特別之處，若說那樣的一個橡皮人會從地上突然冒起來，著實太無稽了。

木蘭花看了好一會，才道：「高翔，你將這橡皮人帶回去好好檢查一下，我想，我們不必等他們點完鈔票，我們可以走了。」

安妮忙問道：「蘭花姐，可是你已有了什麼頭緒？」

木蘭花並不回答安妮的話，只是繼續對高翔道：「最主要的是指紋，那橡皮人身上不論有什麼樣的指紋，全要留下來。」

高翔答應著，他取出一條手帕，用手帕包在橡皮人的手臂上，這才抓住了橡皮人，和木蘭花、安妮一起走出了金庫。

出了金庫之後，木蘭花才對莫警官道：「你得加倍小心，接你班的是誰？你要告訴他，金庫之中可能會有更大的意外發生。」

莫警官神情嚴肅地傾聽著，道：「是。」

木蘭花道：「高翔，你不妨再逗留一會，我和安妮回去了，你辦完一切之後，再和我聯絡好了，我一定在家中的。」

這時，陸德也苦著臉走了出來，他道：「蘭花小姐，這件事你一定要幫忙，一定要弄得它真相大白。」

木蘭花安詳地道：「我一定盡我的力量，你不必太擔心，我想直到目前為止，金庫中決不會有任何損失的，但日後就很難說了。」

陸德苦笑著道：「你看我們該怎麼辦？」

「加強警衛，」木蘭花回答，「還有，別太自信，以為這金庫真是天下最安全的地方。」

木蘭花的話顯然是針對陸德而說的，令陸德十分尷尬，而木蘭花話一講完，便和安妮一起走了出去。

當木蘭花和安妮回到家中之際，已經是滿天晚霞了。

安妮坐在沙發上，道：「蘭花姐，你信不信第四空間這回事？」

木蘭花立時知道安妮是在想些什麼了，她笑了起來，道：「安妮，你是在想，有一個人克服了第四空間，所以他能自由通過一切障礙，走進金庫之中，是不是？」

安妮很認真地點著頭，道：「是。」

木蘭花笑著，道：「安妮，那只不過是科學幻想小說中的故事罷了，世上怎會真有那樣的事！還是別再胡思亂想了。」

安妮瞪大了眼，道：「那麼那橡皮人——」

「那橡皮人是如何會在金庫之中的？」木蘭花接了下去，「那一定是有原因的，只不過究竟是什麼原因，我們還不知道而已。」

安妮眨著眼，道：「那實在太神秘了。」

木蘭花走到花園中，向窗下的一簇玫瑰花淋水，隔著窗子道：「安妮，有很多事，看來是十分神秘的，但如果在知道真相之後，卻一定十分平淡無奇。」

「你已知道真相了？」安妮問。

「當然沒有。」

安妮又嘆了一聲，道：「但願我知道真相。」

木蘭花笑了一下，道：「安妮，一件事情的真相，從隱蔽到顯露，當然要有想像，但是更主要的，還是要有事實的支持，等高翔來了之後，我們就可以有更多的資料了，到時再來研究，不是比現在空想好麼？快到廚房中去煮飯吧。」

安妮不再說什麼，支著枴杖。離開了客廳。

木蘭花一直在花園中淋著花，天色漸漸黑了，天際晚霞的艷紅色也漸漸消褪，暮色四合，木蘭花才和安妮一起用了晚餐。

高翔來的時候，已經是晚上九點了。

從高翔臉上的神情看來，可以看出他根本沒有什麼發現，他坐了下來，喝著木蘭花遞給他的咖啡，未曾開口，先嘆了一聲。

然後他才道：「金庫中的現鈔，分文未少。」

「我早已料到了，有關那橡皮人怎樣？」

「那是一家玩具公司的新產品，雖然新產品推出只有兩個多月，但是本市和外埠的銷售量已超過了七萬個，根本無從查它的來源。」

「指紋呢？」木蘭花又問。

高翔搖著頭，道：「沒有任何指紋。」

木蘭花皺起了眉，道：「不會吧？」

「真的沒有任何指紋，我在聽到報告之後，也不十分相信。可是在我親自檢查之下，仍然沒有發現任何指紋，那是一個慣於犯罪的人做的手腳。」

木蘭花背負著雙手，開始踱起步來，她一句話也不說，可見她正在竭力思考著，過了好久，她才道：「那真是不可思議的事。」

高翔道：「最不可思議的，還是那人的目的究竟何在？他有那樣的本領，將這樣的一個橡皮人弄進金庫去，又安然離去，為什麼金庫中的鈔票一點也沒有失去？他那樣做的目的，是為了什麼？難道只是為了和銀行方面開開玩笑？」

木蘭花搖著頭，道：「不知道，真的不知道，一點頭緒也沒有，那實在太不可思議了，照我看來，實在不應該有什麼人可以進得那金庫的。」

「你也那樣認為？」高翔問。

「是的，當然我的意思是指，沒有什麼人可以在如此神不知鬼不覺的情形下進入金庫，除非像安妮所想的那樣，有人克服了第四空間。」

高翔苦笑了起來。

木蘭花又問：「銀行方面採取了什麼措施？」

「在入口處加強警衛，那條有鐵柵的走廊口加派了八名武裝守衛，日夜不停地守著，以防止有進一步的意外發生。」

木蘭花又踱了一個圈，才道：「現在，我們也沒有什麼可做的了，明天我或者會去看看那橡皮人，以後，我們只好等待事情進一步發展了。」

高翔點著頭，他們三人又閒談了片刻，高翔才告辭離去。

第二天上午，木蘭花和安妮一起到了警局。

她們詳細檢查著那橡皮人，那種薄薄的橡皮是最容易留下指紋的，但是那橡皮人身上，的確沒有指紋，而且有很粗的一條條的深紋，那些條紋，究竟是什麼所造成的，也不清楚。

在橡皮人的頭部，有少許膠水殘留著，那種膠水，經過化驗，也已證明是十分普通的膠水，而在橡皮人的雙足足底，則貼著兩層相當厚的硬紙，那兩層硬紙，看來是為了加添足部的重量，使得那橡皮人可以直立在地上，不至於跌倒的。

木蘭花和安妮兩人研究了有大半小時，也看不出有什麼特別的地方來。

安妮最後放下了放大鏡，道：「蘭花姐，我想到了一點。」

木蘭花向安妮望去。

安妮道：「這橡皮人雖然看來和真人一樣大小，但是在未曾完成之前，體積不會太大，一定是可以放在口袋之中的。」

木蘭花道：「你的意思是，它是被帶進金庫之後，再充氣漲大，成為現在這樣子的？」

安妮點頭道：「是。」

木蘭花道：「你的說法，我也想到過，但是有兩點站不住腳，第一，問題在於根本沒有什麼人可以走進金庫，不論他帶著東西，或是沒有帶著東西；第二，電視鏡頭每一分鐘就可以攝到那橡皮人出現的地方一次，而這個橡皮人，一個人吹氣的話，一分半鐘是不能吹得它成為現在這樣的。」

「或許那人帶著充氣的工具進去？」安妮問。

「這不是不可以考慮，但可能性實在太小了。」木蘭花嘆了一聲，道：「那真是太奇怪了，我實在想不出所以然來。」

安妮苦笑著，就在這時，高翔推門走了進來，安妮向他攤了攤手。

高翔道：「沒有結果？做這件事的人，真是一個鬼？」

木蘭花皺著眉，道：「我們甚至想不出他那樣做，究竟是什麼目的。」

高翔道：「這人可能是——」

他話才講到一半，突然聽得門外傳來了急驟的腳步聲，接著，有人在門外叫道：「高主任，金通銀行方面有緊急報告。」

高翔連忙打開了門，奔了出去。

木蘭花和安妮跟在他的身後，高翔拿起了電話，聽了幾句，立時道：「我們立即就來，是的，立即就來，千萬別慌張。」

他話一說完，就放下了電話，轉過身來。

木蘭花沉聲道：「金庫中又發生了什麼事？」

高翔道：「又發現了一個橡皮人！」

木蘭花和安妮陡地吸了一口氣。

又發現了一個橡皮人！

不可思議的事竟不止發生一次，而且一而再的發生，那簡直是加倍的不可思議，那實是不可能的。

但是，卻是活生生的事實。

3 化學方法

當木蘭花、安妮和高翔一起趕到銀行時，董事長陸德、總經理等人，面上神情之難看，簡直難以形容。

陸德一看到高翔，便叫嚷道：「本市的犯罪分子實在太猖獗了，警方應該有責任制止這種猖獗的行動。」

高翔冷冷地道：「董事長，請你注意，那人其實並沒有犯罪，金庫中並沒有缺少什麼，只是多了東西，怎能稱為犯罪行動？」

「金庫是不准擅入的。」陸德吼叫著。

高翔不再和他多說，只是道：「如果你要我調查，那麼快帶我們去看看實際的情形，而不要站在這裡說那些廢話。」

高翔的話變得那麼不客氣，這令得陸德的神情更加尷尬，他悶哼了一聲，將那磁性鑰匙取出來，交給總經理，道：「你帶他們去看。」

他自己則一轉身，氣憤地走進他的辦公室。

木蘭花等人，在總經理的帶領之下，一起走進了金庫。

這一次，當值的警衛主任，是一位金警官，一切的情形，完全和上次相同。所不同的只是那橡皮人出現的地點，是在另一列鋼架之前。

當他們進入鋼門，通過了玻璃門，來到那橡皮人之前時，木蘭花問：「今天有誰進過金庫？」

總經理道：「我和董事長。」

「你們來做什麼？」木蘭花再問。

「我們來取現金，供銀行開始營業時使用。」

木蘭花沒有再說什麼，高翔已拿起了那橡皮人，一起出了金庫，金庫的幾道門又再次關上，嚴密得一隻蚊子也飛不進去。可是同樣的橡皮人，卻兩次出現在金庫之中。

總經理哭喪著臉，送高翔、木蘭花和安妮出來，道：「怎麼一回事？銀行方面實在感到憂慮。」

高翔道：「像剛才陸德董事長那樣的態度，警方是可以根本不理這件事的，銀行方面只要加強防衛，我看不會有什麼意外。」

總經理苦笑著，道：「可是……現在這樣，接二連三的發生那種事，如果傳了出去，銀行保險庫的聲譽會大受打擊，對銀行業務有重大的影響。」

木蘭花冷冷地道：「銀行在實際上並沒有損失什麼，哪有什麼關聯？」

總經理搓著手，道：「蘭花小姐，那是你不明白內中的情形，所以才會那樣講，實際上，對銀行的前途有極大的關連。」

木蘭花揚起了雙眉，道：「是嗎？」她像是對這個問題感到了興趣。

總經理忙道：「請三位到董事長的辦公室去，我想董事長一定會將其中重大的影響，詳詳細細向三位敘述的，請三位移步。」

想起剛才陸德那種不負責任的話，高翔真不想再去見他，但是木蘭花卻已經答應道：「好，銀行方面其實早該對我們講了，我們明白了原委，自然更易偵查。」

高翔聽到木蘭花已應允了，他自然不會獨持異議，他們一起來到了陸德的辦公室之外，坐在外面的女秘書，按下了通話機的掣。

總經理道：「董事長，事情已發生了兩次，我們應該向高主任說一說事情對銀行的影響了，董事長認為怎樣？」

過了足有半分鐘之久，才聽得陸德道：「好，請進來。」

女秘書連忙站起來，替他們推開了董事長辦公室的門，他們一起走了進去。

辦公室中陳設豪華之極，一進門，便是一座具體而微，比人還高的金通銀行大廈的模型，和幾組真皮沙發，陸德從辦公桌後走了出來，道：「各位請坐。」

看陸德的神情，還多少有點勉強，但是木蘭花卻像是一點也不在乎，她立時坐了下來，而且示意高翔和安妮也坐下，陸德和總經理就坐在他們的對面。

人人都在等陸德開口，陸德呆了半晌，咳了一聲，道：「我經營業務數十年，但是再也沒有一次打擊，比這次更甚了。」

木蘭花和高翔兩人一聽，都不約而同地揚起了眉，因為他們不知道這樣的事，何以稱得上是嚴重的打擊，因為到目前為止，那還只不過是兩宗不可思議，難以解釋的怪事而已，而那樣的怪事，並不造成對銀行的實際損失。

陸德望了他們兩人片刻，才又道：「或許兩位在疑惑，銀行方面並未受到什麼實際上的損失，怎能說是嚴重的打擊？」

木蘭花沒有說什麼。只是點了點頭。

陸德再咳了一聲，道：「為了建設這金庫，銀行方面動用了大量的資金，自然希望在金庫的出租費用中賺回來，但如今金庫——」

木蘭花說道：「那你未免杞人憂天了，就算這件事傳出去，沒有人來租保險箱，這一點小損失，金通銀行還是承受得起的。」

陸德苦笑著道：「是的，但是還有兩個極嚴重的問題，蘭花小姐卻不能不知，第一，銀行是最怕任何謠言的，銀行的保險庫不穩，這件事又如此神秘不可思議，在市民間傳來傳去，就會變成銀行的經濟不穩，因為無稽的謠言而發生擠兌，使一間穩固的銀行垮臺，那並不是什麼新鮮的例子。」

當陸德講到這裡時，面色十分凝重。

辦公室中十分靜，木蘭花、高翔和安妮也感到了這件事實在十分嚴重，如果什麼人要趁機破壞金通銀行信譽的話，那真是最好的機會。

過了好半晌，高翔才道：「這事情可以嚴守秘密！」

「高主任，世上沒有任何秘密是守得住的，而且，這秘密根本守不住，已有人在動議，要向市議會質詢，將市庫的黃金和現鈔寄存在金通銀行是不是妥當了，到時，市議會方面，一定會請銀行的警衛主任去作證，作證的結果，一定是將黃金提出來……」

陸德的年紀雖然老，但是他講話的聲音一直是聲若洪鐘的，可是這時，他的嗓音卻十分沙啞，是以可想而知，他的心情一定十分苦澀。

木蘭花深深地吸了一口氣：「我明白了。」

所有的人在剎那之間，全用好奇的眼光望著木蘭花。

木蘭花忙道：「我不是說我已明白整件事的奧秘，我是說，我已明白了放橡皮人進金庫去的目的，陸先生，有人想弄垮你的銀行。」

陸德緩緩地點頭道：「是。」

木蘭花又道：「你的金庫，實在是世界上最堅固的，沒有什麼人可以在金庫中盜走什麼——」

木蘭花才講到這裡，安妮已然道：「蘭花姐，你這話我不同意，那橡皮人不是自己走進去的，就算是的話，它也可以帶著鈔票走出來。」

木蘭花呆了片刻，才道：「我的意思是，對方所做到的，只是放一個橡皮人進金庫去，而不能再做到別的什麼了。」

安妮和高翔仍是一臉不明白的神色。

也難怪他們不明白，因為若有什麼人能夠將橡皮人放進金庫去的話，那麼他必然能夠順利地進入金庫，而如果有人可以順利進入金庫，又順利退出來，那麼這人自然也可以為所欲為，盜走在金庫中儲藏的任何貴重物品。

不但高翔和安妮感到疑惑，陸德也一樣，他皺著眉，道：「蘭花小姐，我不明白你在說些什麼，既然有人能將橡皮人——」

木蘭花卻不等他講完，便切斷了他的話頭，道：「陸先生，你想想看，可能與你作對的，是什麼人，請你告訴我。」

陸德苦笑了起來道：「那幾乎是全市所有的銀行！因為金通銀行的地位超越了一切銀行，我已知道至少有十個以上的銀行巨頭舉行過秘密會議，要對付金通銀行，但是我卻也想不到，他們竟使用了那樣卑鄙的一個方法。」

木蘭花搖頭道：「未必真是他們所做的事，但是有一點卻是可以肯定的，那就是——」

木蘭花這一句話並沒有講完，但是她也不是真的不講完，她只是走到了陸德的身邊，用極低的聲音，在陸德的耳際將那一句話講完。

她的聲音十分低，當然，除了陸德之外，別人都未曾聽到，外人只看到陸德在突然之際現出了極其驚愕的神色來。

接著，便聽得陸德失聲道：「有這可能？」

木蘭花道：「是的。」

陸德吸了一口氣，道：「那怎麼樣？」

木蘭花又以極低的聲音，在陸德的耳際講了幾句話，別人仍然不能知道她在講些什麼，只聽得陸德不住地說道：「好，好，我知道了，我一定照做。」

木蘭花講完了之後，站起身來，道：「我們告辭了。」

陸德忙道：「謝謝你，真謝謝你。」

木蘭花道：「不必客氣，你只要照我的話去做，我想，再加以調查，不久，整件事情一定可以水落石出了。事情一清楚，就算有人惡意要造銀行的謠言，也必然難以成功了。」

陸德滿面感激之色，送木蘭花等人走出辦公室，但是總經理、高翔和安妮三人，卻是莫名其妙，因為他們根本不知道木蘭花說了些什麼。

等到高翔、木蘭花和安妮離開銀行，來到了他們自己的車子中，而車子已開始駛動之際，安妮才道：「蘭花姐，你對陸德說了些什麼？」

木蘭花笑道：「你怎麼想不到？金通銀行有內奸。」

高翔和安妮「啊」地一聲，叫了起來。木蘭花未曾說，他們的確想不到，而木蘭花一說，他們便恍然大悟了。

木蘭花又說：「那兩個充氣橡皮人，一定是內奸帶進去的，我本來以為那是不法之徒打金庫的主意，所以我曾往複雜處去設想，但，既然知道了那是銀行界的鉤心鬥角，事情便簡單的多了，敵對的銀行集團只要收買一個人，就可以達到目的了。」

安妮道：「蘭花姐，可是能進入金庫的，只有正、副董事長，正、副總經理四個人。」

「是的，內奸必然在這四人之中。」

安妮立時附和道：「可是他們並沒有單獨進金庫的機會，如果他們帶著那樣的一個橡皮人進金庫的話，一定會被人發現的。」

木蘭花卻只是微笑著，不出聲。

安妮對木蘭花的神態，覺得高深莫測，她將剛才所講的話又講了一遍。

木蘭花才道：「用一個很巧妙的方法，就可以達到這樣的目的了，難的是如何走進金庫去，而不是如何帶一個橡皮人進金庫去，你還不明白這一點分別麼？」

「這一點分別我明白，但是——」

安妮的話還未曾講完，就被木蘭花打斷了話頭，木蘭花道：「安妮，別儘是問我，你自己也要動動腦子，我想你可以想得明白的。」

安妮微微一笑，她是個很好勝的人，她立即接受了木蘭花的「挑戰」，而且，她也向高翔望了一眼，從高翔臉上的神情看來，他也不明白。

高翔的確也不明白那個內奸（他一定不出副董事長、總經理和副總經理），是用什麼法子，將那個橡皮人帶進金庫去的。

高翔略想了一想，道：「蘭花，那麼你對陸德說了一些什麼？可是教他如何去識別內奸？我看他好像很聽你的話。」

「是的，我告訴他，在銀行的高層人員中有內奸，他吃了一驚，然後我又告訴他，絕不可表示有絲毫懷疑，而且從今天起，要改變進入金庫的制度，本來，每一次總是兩個或三個人同時進去的，但現在改成每一次只准一個人進金庫去。」

高翔點著頭，道：「我明白你的意思，你肯定對方還會第三次將橡皮人帶進金庫去，那只要看是誰進了金庫之後發現橡皮人，就可以知道誰是內奸了？」

「很簡單，是不是？」木蘭花向高翔一笑。

高翔也笑了起來，他伸了伸身子，踏下油門，車子箭一樣向前駛去，轉眼之間，便轉上了郊區的公路，高翔道：「這件案子看來可以解決了。」

「高翔哥，你想到那內奸如何帶橡皮人進金庫了麼？」安妮問。

「沒有啊。」

「那你怎麼說案子已解決了呢？」

高翔聽得安妮那樣責問自己，他也不禁呆了一呆，安妮的話令得他省悟，自己在一切事情上，實在是太依賴木蘭花了，那使得他對一些較困難的事，根本不願深入一層去想。

那內奸是如何才能將一個體積大得幾乎和真人同樣大小的橡皮人帶進金庫去

的？這幾乎是整件奇案的關鍵，高翔是應該好好去動一下腦筋的，但是他卻根本也未曾去想一想，因為他知道，木蘭花已有答案。

直到聽得安妮那樣說，高翔的心中才泛起了一絲愧意，他忙道：「安妮，你說得對，我還得好好想一想這個問題。」

安妮睜大了眼，十分認真地道：「高翔哥，我和你比一比。看我們兩人誰先想通這個關鍵，你想不想和我比一下？」

高翔揚起手來，道：「好。一言為定。」

安妮笑了笑，但是她立即又陷進了沉思之中，高翔駕駛警車，他的車子速度相當高，但是有一輛車子還是按著喇叭追了上來。

那是一輛跑車，車上有七八個年輕男女，有的擠在車廂中，有的就坐在行李箱蓋上，車在飛駛著，那些人還在唱著歌。

一看到那些人的情形，就知道他們是上沙灘去的。因為他們不但都已換上了泳裝，而且還有兩三個人，抱著捲成一捲的浮床。

高翔在這輛車子追上來之際，略轉了轉駕駛盤，讓那輛車子衝超前去。

就在那一瞬間，安妮叫了起來，道：「我想到了。」

高翔微笑著道：「我也想到了。」

安妮搶著說：「橡皮人在被帶進金庫之前，是未經充氣的，橡皮人很薄，摺疊起來，甚至可以放進衣袋之中，要帶進去，當然不是難事。」

「你想得對，」高翔立時說：「我是看到那幾張捲成一卷的浮床。才想起來的，我想你一定也是那幾張浮床給你的靈感，是不是？」

「是的。」安妮承認。

木蘭花笑道：「好，第一個回合，你們不分勝負，但你們還未找到問題的核心，那內奸是用什麼方法將橡皮人在金庫內充氣的？」

高翔和安妮兩人一起眨著眼。

的確，那「第二回合」——才是問題的關鍵。因為即使將未曾充氣的橡皮人帶進金庫，要使橡皮人突然充氣，也是極困難的事。

他們兩人都不出聲，高翔繼續駕著車，不一會，便已來到了木蘭花住所的門口，木蘭花打開了車門，道：「安妮，別想得那麼出神。」

安妮抬起頭來，她像是根本未曾聽到木蘭花的話，只是向高翔道：「高翔哥，你要回警局去了麼？那實在太不公平了。」

「什麼不公平？」高翔正待跨出車子，聞言愕然。

「你到警局去，那橡皮人就在警局，你可以更容易檢查出它是用什麼方法來充氣的。」安妮呶起了嘴：「那不是不公平麼？」

安妮的話才一講完，高翔已「啊」地一聲叫了起來。

高翔一面叫，一面舉起了手，就在那一剎那間，安妮也高叫了起來，她一樣高舉起手，他們兩人幾乎同時叫了起來，道：「我想到了，是化學方法。」

木蘭花笑了起來，道：「對，和我的想法一樣，那內奸一定先在橡皮人中放進了兩種化學粉末，再塞緊塞子，當這兩種化學粉末混合之際，就產生大量氣體，使得橡皮人在極短的時間內充氣，我想這是唯一可能的一個辦法了。」

高翔和安妮握著手。

安妮高興地大笑著，說道：「高翔哥，我們不分勝負！」

高翔卻嘆了一聲：「安妮，實際上，是我輸了，你想想，我歲數比你大一倍，而且還擔任著警方的要職，而你和我一樣，在同時間內想到了這樣艱難的問題，你的智力毫無疑問在我之上。」

木蘭花點頭道：「是的，我在安妮那種年紀的時候，也沒有那樣的智力。」

木蘭花和高翔的話令得安妮興奮得臉頰通紅，她謙虛地道：「你們太誇我了，我……其實只是一個殘廢的女孩子。」

高翔深深地吸了一口氣，道：「安妮，我敢保證，如果你有意從事警務工作的話，那麼，你將是世界上最出色的警務人員。」

安妮高興地出了車廂，和高翔握著手，高翔道：「蘭花，我看這件案子差不多了，一等到金庫再有橡皮人出現，我就通知你。」

「好的。」木蘭花和高翔揮著手。

他們就在門口分手，木蘭花和安妮走了進去，高翔駕著車走了。

木蘭花走進了鐵門之後，轉身將鐵門緩緩推上，就在這時，她看到一輛淺灰色、十分豪華的大房車，在她們家的門口停了下來，車一停下，一個穿制服的司機便打開了車門。

「小姐，」那司機道：「是木蘭花小姐的寓所麼？」

木蘭花點了點頭，道：「是。」

司機轉過身去，向坐在後座的一個大胖子說了一句話。

只聽得那大胖子回了一句，道：「替我開車門。」

那司機忙出了車，恭而敬之，打開了車門，那大胖子的身子從車門中擠了出來，大胖子看來足足有三百磅重，幸而那輛車子已是特大的，要不然，他可能根本無法從車門出入。

安妮忙低聲問道：「蘭花姐，那大胖子是什麼人？」

木蘭花搖頭道：「我不知道。」

那大胖子好不容易站直了身子，由於他身上的肥肉實在太多，是以他五官都陷在肉中，一雙眼睛看來變得十分細小。

但是，在那雙細小的眼睛中，卻閃耀著十分精明的光芒，這證明他雖然是一個行動十分不便的人，但是他的思想一定比旁人更靈活。

他向木蘭花望了一眼，胖臉之上，便滿是笑容，道：「木蘭花小姐，幸會，幸會。」

木蘭花道：「閣下是——」

「盛，盛保源。」胖子回答道。

木蘭花聽說過這個名字，那是本市金融界的巨頭之一，操縱著很多金融事業，自然，也是數一數二的巨富，木蘭花立即想到，事情可能和金通銀行的金庫有關了。

盛保源在出了有冷氣的車廂之後，他的額上立時迸出了一顆一顆的大汗珠來，木蘭花問道：「盛先生有什麼指教？」

「有一件事想來請教，我可以進去？」

木蘭花拉開了鐵門，在這時候，車廂中的另外兩個人，才一起下了車，站在盛保源的身後，那兩人一看就給人以一種十分陰森之感。

他們站在盛保源的後面，木蘭花向他們略打量了一下，就知道他們是盛保源的保鏢，而且，木蘭花可以肯定，他們的身上帶著武器。

木蘭花的心中不禁起了一陣極度的厭惡之感，她冷冷地道：「盛先生，你到我這裡來，還帶著保鏢，未免太小心了吧？」

盛保源連忙叱道：「回車子去，誰叫你們出來的！」

那兩個漢子可以說是第一流的職業保鏢，他們受了呵斥，可是在他們的臉上卻沒有什麼反應，仍然是那麼冷漠。

木蘭花和安妮兩人互望了一眼，她們知道，只有殺人不眨眼的凶漢，他們的臉上神情才是如此之冷漠，像石頭一樣。

4 死對頭

那兩個漢子在盛保源的呵責之下，轉過身，回到了車廂中，盛保源則向門內走來，木蘭花道：「請。」

盛保源走得相當慢，木蘭花和他一起走著，安妮控制著枴杖，已趕過了他們，先到了客廳中，在她坐下之後，盛保源才走進來。

盛保源一走進來之後，便坐在沙發上喘氣。

木蘭花在他對面坐下，盛保源喘了半分鐘之久，才道：「木蘭花小姐，我想請你來做一件事，成功了之後，有巨額報酬。」

聽盛保源的口氣。像是只要有「巨額的報酬」這句話作後盾，就可以做成任何事情一樣。

木蘭花並不是一個隨便得罪人的人，但是對於像盛保源那樣典型的市儈，她卻也從來不客氣，她立時冷冷地道：「我什麼時候掛過招牌，替人做事的？」

盛保源碰了一個釘子，他的胖臉之上現出了十分尷尬的神色來，他「嘿嘿」

顫笑著，道：「我是來請蘭花小姐幫忙的。」

木蘭花繼續冷笑著，道：「你如果隨時準備著巨額的報酬，何必還要來找我，這世界上有的是貪圖巨額報酬的人。」

安妮也補充了一句，她揚起了頭，道：「可是在這裡，你卻找錯了地方，蘭花姐，我們自己還有事，這位先生他應該——」

安妮竟已老實不客氣地下了逐客令。

這令得盛大胖子狼狽之極，他臉上的汗珠更多，他急忙道：「可是我還未曾說出要兩位去做的究竟是什麼事，請聽我說。」

木蘭花打了一個呵欠，道：「對不起。」

盛保源在那樣的情形之下，不得不站了起來，但是他還是道：「蘭花小姐，如果金通銀行發生了危機，對本市來說，是一個極大的打擊，對千千萬萬的市民，將發生直接的影響。」

盛保源這一句話，倒說得十分有力。

木蘭花「哦」地一聲，道：「金通銀行有危機？好端端地，它為什麼會有危機？閣下和金通銀行，又有些什麼特殊關係？」

「我握有金通銀行的股票百分之十四，」盛保源說：「市面上已流傳金通銀行不穩的消息，那種消息是傳播得最快的，今天股票市場收市前，金通銀行的股票已經下跌。」

「我有什麼辦法？」

「有的，蘭花小姐，金通銀行的金庫中不是出了怪事麼？只要你肯公開出面，表示已接受銀行的聘請，調查這件事，那就可以安定人心了。」

木蘭花瞪視著盛保源，道：「你是受銀行委託而來的？」

「不，純粹是我私人的動機，我已說過，我有百分之十四的銀行股票，我不希望我股票跌價，而且我在銀行中也有大量存款。」

木蘭花想了一想，道：「你可以不必擔心，事實上，我早已參加了調查工作，而且，我想事情也快水落石出，可以向全市公佈了。」

「喔，那真太好了。」盛保源高興地說著，「看來我是多慮了，蘭花小姐本來就最熱心公益，最能為大眾著想，最——」

盛保源說出了一連串的恭維話來，雖然那些話，木蘭花全是當之無愧的，但木蘭花還是聽得不耐煩起來，她立時道：「行了，盛先生，你該——」

「是，是。」盛保源向門口走去，到了門口，他忽然又停了一停，道：「蘭花小姐，聽說金庫中多了幾件東西，那人是怎麼進去的？」

「最近幾天就會公佈了。」木蘭花簡單地回答。

盛保源又討了一個沒趣，移動著肥胖的身子，走了出去，木蘭花一直等到他上了車，車子駛開，才回到沙發上坐了下來。

木蘭花坐下來之後，緊皺著雙眉，一聲不出。安妮奇怪地望著木蘭花，她自然知道木蘭花是在沉思，但是，她卻也無法知道木蘭花是在想些什麼，她只好也不出聲。

過了好久，木蘭花才道：「安妮，我看我們對這件事，還不能作太樂觀的估計，其中可能還另外有曲折。」

「什麼曲折？」

「我無法預知。」

「那你是根據什麼忽然想到這一點的？」

「盛保源，他突然前來，你說是為了什麼？真是為了要我出面調查金通銀行金庫的奇案嗎？我在金通銀行進出好幾次，早已不是什麼秘密了，像盛保源那樣的人，到處都有眼線，絕沒有理由不知道我實際上已參加了調查工作的，他是另有所圖。」

安妮並沒有出聲，只是望著木蘭花。

木蘭花又道：「我想，他是已經知道了我在參加調查工作，是以特地到我這裡來打聽消息的，他為什麼對這件事如此關心？」

安妮忙道：「我想他就是金通銀行敵對集團首腦？」

「有可能，如果是的話，那麼我剛才所講的話，定會令得他大吃一驚，他一定加緊進行破壞金通銀行的聲譽，以期速戰速決。」

安妮道：「我一看這大胖子就知他不是好人。」

木蘭花嚴肅地道：「安妮，商場如戰場，在商場上，以利為先，那是天經地義的事，以利為先，自然忘義，那也不足為怪了。」

安妮自然不十分明白木蘭花的話，因為她的年紀還小，不知商場上那種醜惡。

木蘭花又嘆了一聲，道：「所以中國的傳統，一直十分輕視商人，倒是有道理的。」

安妮問道：「那麼你想會發生什麼事？」

木蘭花蹙著眉，道：「我無法預知，但不論有什麼事發生，對金通銀行來說，都是十分不利。盛胖子的話對，那將直接關係著許多人的利益。」

木蘭花來回踱著，當她停下來的時候，天色漸黑，已是薄暮時分了，安妮到廚房中去弄晚餐，木蘭花又選放了幾張唱片。

一切似乎都很寧靜，但在市面上，謠言卻來得相當凶，第二天金通銀行開始營業之後，提款的人比平常多出了許多。

所有的存款人爭著來提款，那是任何銀行的致命傷，沒有任何銀行可以經得起那樣的事件。

木蘭花那一天並沒有出市區，但從高翔的電話中，她也知道事情很不尋常。她希望那內奸快些下手，再做出一些什麼事來，只要將內奸找出來，真相大白，市民對銀行的信心，自然會迅速恢復的。

但是在那一整天內，銀行的金庫中卻十分平靜。

又過了一天，那是第二次發現金庫中有橡皮人之後的第三天了，銀行一開始營業之後，前來提款的人更多，甚至排成了很長的隊伍。

到了中午，隊伍已越排越長，木蘭花在接到了高翔的電話之後，和安妮一起駕車到銀行附近，去看了一會，她看到在銀行門口，有很多警員在維持秩序。

在銀行門口排隊的人，面上都現出焦急的神色來，木蘭花知道，金通銀行的實力雖然雄厚，但是在那樣的情形下，只怕支持不了十天。

木蘭花將車停在街角，她和安妮一起走進了銀行對面的大廈。

在那大廈的二樓，有一間咖啡室，可以看到銀行的正門。

木蘭花就是準備到那咖啡室去靜靜地觀察一下，但是她才走到那大廈，卻看到高翔全副武裝走了出來。

高翔雖然是警方的高級人員，但平時是很少穿著警方人員制服的，所以木蘭花一看到高翔忽然全副武裝，不禁覺得十分奇怪。

高翔看到木蘭花和安妮兩人，也覺得很意外，忙道：「蘭花，你也知道了麼？我打電話去沒有人聽，是誰通知你的？」

木蘭花搖搖頭道：「發生了什麼事？我不知啊。」

高翔壓低了聲音，道：「金庫中又出現了橡皮人。」

木蘭花高興道：「那太好了！」

安妮也道：「是啊，那我們立即就可以知道內奸是什麼人了。高翔哥，你為什麼穿著那樣整齊，可是有什麼特殊任務麼？」

「不是，」高翔皺著眉，「接到一些線人的報告，說有一批人，準備在銀行門口製造更多的謠言，所以我才下令所有的警務人員一律穿著制服的。」

安妮立時明白了，她點著頭道：「那樣，想做壞事的人，看到眼前有警員，就不敢再亂造謠言了，對不對？」

高翔勉強笑了一下，因為他的心頭十分沉重，他道：「現在，市面上所傳的最可怕的謠言，是說銀行金庫中的鈔票已被人偷完了。」

木蘭花道：「又發現了橡皮人，是什麼時候的事？」

「五分鐘之前，」高翔回答，「我才接到無線電通訊儀的報告，準備到對面銀行中去察看，就和你們遇上了，我們一起去。」

木蘭花點著頭，他們三人一起過了馬路，進了銀行大堂，銀行大堂中亂哄哄的，擠滿了人，自然有很多人看到木蘭花。

木蘭花突然在銀行中出現，自然引起了一陣竊竊私議，當然沒有人知道木蘭花前來，究竟是為了什麼事，於是只好作各種各樣的猜測。

自然，那些猜測全是毫無根據的，有的對銀行有利，有的對銀行不利，高翔等三人也根本不加理會，一直來到了那條有鐵柵的走廊之前。

和人潮洶湧的銀行大堂相比，這條走廊變得十分寂寞，只有三個人站著，那三個人都毫無例外，現出愁眉苦臉的神情來。

木蘭花對這三人都不陌生，他們是銀行四巨頭中的三個：副董事長和正、副總經理。他們一發現了木蘭花，便連忙迎了上來。

而木蘭花這時也發現走廊中的幾道鐵柵全打開著，木蘭花立時向前一指，道：「那是怎麼一回事？」

銀行總經理等三人還未及回答，便看到有兩個警衛人員，推著一輛手推車走了出來，在手推車上，堆滿了鈔票。

木蘭花不必再得到什麼回答，也可知道為什麼鐵柵要打開著了，因為要不斷從金庫運鈔票出來，為了方便行走，所以才那樣的。

木蘭花吸了一口氣，道：「那橡皮人呢？」

總經理道：「詳細情形，我們還不知道，只有董事長一個人在金庫中，我們奉命在這裡監視著鈔票的出入和應付各種問題。」

「你們三個人沒有進過金庫？」木蘭花奇怪地問。

那實在是大大出乎木蘭花意料之外的事，木蘭花判斷銀行中有了內奸，而內奸一定是眼前三個高級人員中的一個。可是如果他們三人今天竟未曾進過金庫的話，那麼今天在金庫中出現的橡皮人，自然是和他們三個人沒有關係了。

而如果今天只有陸德一人進過金庫的話，難道那橡皮人是陸德帶進去的？那實在是不可能的事，陸德為什麼要弄垮他自己的銀行？

木蘭花只覺得事情越來越複雜，她只希望那三人的回答是否定的，三人之中，曾有一個今天進入過金庫，那麼這人就必定是內奸了。可是，木蘭花卻失望了，他們三人齊聲道：「沒有，今日進金庫的，只有董事長一個人。」

木蘭花又吸了口氣，這時，兩個警衛又推著車走了過來，剛才他們推車出去的時候，車上是堆滿了鈔票的，現在推回來的卻是空車。

木蘭花向高翔和安妮兩人揮了揮手，他們三人跟在那兩個推車的警衛之後，走過了那條走廊，來到了金庫之前。

只見金庫的門洞開著，但是在門前、門旁，有八名武裝警衛守著。

那兩個警衛推著車來到門口就站住，叫道：「董事長，我們回來了。」接著，就看到陸德從一列鋼架之後，轉了出來，他滿頭是汗，面色十分灰敗，腳步也有點蹣跚，聲音則嘶啞得可怕。他先喘了一口氣，才向前走來。

他才走出了兩三步，便看到高翔和木蘭花站在金庫門外，剎那之間，他臉上的神情就像是一個將要溺斃的人，看到了救生艇一樣。

他揮著手，也不知道他揮手的動作是什麼意義，然後只聽得他叫道：「快進來，高主任、蘭花小姐、安妮小姐，快進來。」

高翔和木蘭花各推了一輛手推車，安妮跟在他們的後面，一邊走了進去，當他們走進金庫之後，發現有一列鋼架上，已經是空的了，那些鈔票，自然都已經到了爭先恐後提取存款的人手中。

庫存的現鈔，並不全屬於金通銀行，就算是的話，也難以支持半個月。

高翔才走進去，陸德便衝了上來，一手抓住了他的手臂，用近乎哀求的聲音道：「高主任，你得想想辦法，想想辦法！」

木蘭花的聲音十分沉重，道：「陸先生，你千萬不能慌亂，你是不是夠鎮定，對於銀行的命運來說，有著決定性的作用。」

陸德呆了一呆，放開了高翔的手臂，他的神色看來仍然十分蒼白，但是總比高翔三人剛進來時要好得多了，那自然是木蘭花的話對他多少起了一點作用。

陸德是公認的第一流金融鉅子，他的一句話，可以決定許多財富的轉移和分配，但現在這次打擊，可以說是他一生之中最重的了。

他當然明白木蘭花的話是對的，他現在那種慌亂、失常的情形，如果被擠在銀行大堂中的市民看到，都麼明天湧來銀行的人就更多了。

木蘭花看到陸德的神色已鎮定了許多，她才問道：「那第三個橡皮人呢？它是什麼時候出現的？你帶我們去看看。」

陸德的聲音仍然有些發顫，苦笑著道：「就在那邊。」

他向前走去，木蘭花等三人跟在他的後面，轉過了兩列鋼架，便看到了那橡皮人，和上兩次一樣，是一個「蒙面大盜」。

木蘭花他們已然推斷到了橡皮人出現在金庫的秘密，所以他們又一次看到那橡皮人之後，並不覺得出奇的詫異。但是他們的心中仍是十分奇怪。因為如果只有陸德一個人進入金庫的話，是誰將那橡皮人帶進來的呢？

陸德苦笑著，道：「今天自始至終，只有我一個人在金庫中。」

「那兩個推車運鈔票的警衛呢？」高翔問。

「他們一直在門口，他們到了，就大聲通知我，將車用力推送進來，我在車上堆滿了鈔票，又將車子推到門口，交給他們。」

木蘭花的心中突然一亮，道：「你曾推車子到過那橡皮人出現的地方？」

陸德想了一想，道：「到過的。」

木蘭花踏前一步，伸手在那橡皮人的頭頂上摸了一下，他們在檢查首次出現在金庫的橡皮人之時，曾發現橡皮人的頭頂上有膠水的痕跡。

這時，木蘭花伸手摸去，橡皮人頭頂上的膠水甚至還沒有乾，木蘭花連忙道：「高翔，將兩輛手推車翻過來。」

高翔連忙用力將兩輛手推車翻了過來，在手推車的底部，也有著膠水的痕跡，木蘭花俯身察看了一下之後，立時站了起來，道：「陸先生，你看到了沒有？那橡皮人是你自己帶進來的，帶進來時，是沒有充氣的，進了金庫之後，才因為化學粉末起作用，而迅速地充氣，漲了起來，上兩次金庫之中出現橡皮人的秘密，說穿了，就是那樣的簡單！」

陸德張口結舌道：「那麼……是誰將這橡皮人貼在車底下的呢？」

木蘭花不禁苦笑了一下。她本來認為銀行的內奸，不出銀行四巨頭之一，可是這樣的推斷，是基於橡皮人是由人帶進來的。

但現在，事實證明橡皮人是被放在運鈔票的手推車的底部帶進金庫來的，那麼木蘭花的推斷自然有修正的必要了。

因為那兩輛手推車在不用的時候，停放到銀行的大堂中，幾乎每一個人都有機會接近它，也就是說，銀行中的每一個職員都可能是內奸。

那對於偵查誰是內奸而言，自然增加了不少困難。

所以，對於陸德的那一個問題，木蘭花也是根本無從回答的，她只是來回踱了幾步，問道：「照今天那樣的情形來看，銀行可以支持多少天？」

陸德抹著額上的汗，雖然有空氣調節設備的金庫中十分清涼，但是他仍然不斷在冒著汗，他道：「大約十天到十二天。」

他講了之後，又頓了一頓，才道：「但是事實上，情形一定是越來越惡化的，那麼，也許只能再支持七八天了。」

木蘭花道：「以你的地位而論，大可以發動全市的銀行表示對你的支持，那樣，市民對金通銀行的信心就會恢復了。」

陸德乾澀地笑了起來，道：「那是夢想了，他們正在聯手對付我，要將我搞垮，我如何還能請他們來幫忙？那是不可能的？」

木蘭花道：「有一個人，叫盛保源——」

木蘭花的話還未講完，陸德已經疾跳了起來，道：「盛大胖子？他就是我的死對頭，我早就懷疑是他在暗中搗鬼了。」

陸德忽然之間會現出如此激動的神情來，那確然是出乎木蘭花等三人意料之外的，以他的年紀而論，那樣暴跳如雷，是一件很危險的事。

木蘭花不再說什麼，俯身將兩輛推車翻了過來，道：「我看出納處又要現鈔用了，我幫你推現鈔出去，看看是不是能起點作用。」

陸德答應著，將鋼架上的鈔票一疊一疊地取了下來。放在手推車上，很快堆滿了兩車，道：「每一車是一千萬。」

木蘭花點著頭，她一個人推著兩輛車離開了金庫，通過走廊，來到了銀行的大堂，大堂的情形，比剛才更亂得多了，有很多人在銀行的大門口吵嚷著要進銀行來，但銀行中實在擠不下那麼多人了，所以警員在勸他們不要吵嚷。

人本來是野性的生物，尤其當許多人在一起的時候，人的行動更受著大多數人行動的支配，行動是有著盲目傳染性的。

當木蘭花剛一出現的時候，只不過是看到她的十幾個人突然靜了下來。那十幾個人忽然靜下來，影響了其餘幾十個人，幾十個人又影響了全體，所以，在不到半分鐘的時間內，所有的人都靜下來，而且，每一個人的視線都集中在木蘭花的身上。

這種情形，是在木蘭花的意料之中的，因為她在進來的時候，已經有那麼多人注意到她，她自然可以預料得到，當她推著堆滿鈔票的手推車出現的時候，更可以吸引人的注意。

但是木蘭花的心中，卻也不免十分緊張，因為她知道她現在擔任的角色十分重要，她必須使在銀行大堂中的人對銀行有信心，那是一件極其困難的事。而且是木蘭花從來也未曾擔任過的。

木蘭花勉力鎮定著，她的面上，現出十分寧靜的笑容來。

她並不停下，只是將車子推向前，在她前面的人紛紛讓開。

她將車子推到了銀行的櫃檯之前，一個銀行職員連忙打開了櫃檯。也就在這時，人叢中有人叫道：「木蘭花，你也來提款麼？」

木蘭花鬆了一口氣，終於有人開口了。

如果一直沒有人開口，那麼木蘭花要使大家有信心，就困難得多，不論她怎麼說，人家都會以為她是故意那樣說的，但如果不是她先開口，她只是回答旁人的話，那麼在效果上而言，自然是大不相同了，所以她立即回答道：「是的。」

木蘭花那樣回答，頗出乎跟在她身後的高翔和安妮的意料之外，人叢中也立時發出了一陣交頭接耳的嗡嗡聲。

那在人群中大叫的人走了出來，一看便知他是一個粗人，他瞪著眼，道：「為什麼大家都要排隊，你可以不用排隊？」

木蘭花微笑著道：「我當然也要排隊的，但是我一到，銀行的董事長就請我去參觀金庫，大家全是因為銀行的金庫不可靠的消息才來的，是不是？」

在木蘭花周圍的人，都不由自主地點著頭。

木蘭花又笑了起來，道：「當我看完了金庫之後，我改變了主意，我覺得將錢存在銀行中，是最穩定的，我不再提款了，自然也不用排隊了，對不？」

那粗漢睜大了眼睛，道：「金庫不是空的？」

木蘭花道：「我對你講也沒有用處，我想，高主任應該答允放幾個人進去看看，當然人不能太多，五個人總是可以的。」

木蘭花回頭向高翔望去，高翔連忙說道：「好的。」

那粗漢立時道：「我得去看看！」

人叢中又有人道：「我去！我去！」

轉眼之間便湊齊了五個人，由高翔帶他們離開了銀行大堂，木蘭花推著兩車的鈔票，推進了櫃檯，交給了出納主任。

那五個人去了不到五分鐘，便回到了銀行大堂上，那粗漢一馬當先，大踏步走了出來，他一面走出來。一面還在嚷叫著。

只聽得他叫道：「讓開，讓開，我要回去開工，他媽的，真蠢，不開工在這裡等拿錢，金庫中那麼多錢，怕會沒有錢麼？」

好多人圍上來問他，那粗漢卻理也不理，揮動著手，走出銀行去了。

人群又向另外四個人圍了來，那四個人笑著，道：「各位喜歡排隊就排好了，我們走了。」

他們四個人又走出了銀行，人群中開始議論紛紛，高翔叫道：「還可以繼續去參觀銀行的金庫，每一次五個人，誰願意去？」

立即又有五個人擠了出來，等到五分鐘後，那五個人又回到銀行大堂時，大堂中的氣氛已輕鬆了許多，不但是那五個人嘻嘻哈哈地離去，已有二三十人跟著他們一起離去，而到第三批，第四批，第五批人參觀完了金庫之後，大堂中的人已去了一大半了。

木蘭花的心情一直十分緊張，直到這時候，她才鬆了一口氣，因為她一開始就在冒險，她是在利用群眾的盲目心理。

群眾的盲目心理，是十分難以捉摸的，利用得好，就像現在一樣，利用得不好，那就會弄巧反拙，使事情更糟糕。

進金庫去的人，看到了金庫中堆積如山的鈔票，自然安下心來，但如果其中忽然有一人對這些鈔票的所屬權發生疑問的話，那就糟糕了。

因為這許多鈔票中，有很大一部分是人家寄存的，市政府的庫房也有巨額的現鈔放在金庫中，一查問起來，對銀行的信心自然也難以建立了。

大堂中的情形越來越好，雖然還繼續有人到銀行來，但一看到銀行中並沒有人在爭著提款，大多數人只是視察一下就離去了。

一直到銀行停止營業，情形幾乎是和平常無異了。

陸德也從金庫中走了出來，他又回復了他那金融巨頭原有的氣派，他對木蘭花不知說了多少聲多謝，木蘭花也告辭離去。

在歸途中，安妮十分佩服地道：「蘭花姐，你所做的那麼多有意義的事情之中，要算是今天的事最有意義了。」

木蘭花微笑著，並不出聲。

安妮打了一個呵欠，道：「雖然我們還未曾找出那個放橡皮人的內奸是誰，但是我想，這件事，總算可以告一段落了。」

木蘭花略想了一想，道：「可以說是暫時告一段落。」

安妮訝道：「還會有新的發展？」

「我想會有，因為其中有幾個疑點，我還想不通。陸德說別人在搗鬼，要弄垮金通銀行，而懷疑盛保源是首腦，但盛保源卻對金通銀行是不是能站得住腳，顯得十分緊張。他們兩個人之中，總有一個是在故意做作。」木蘭花表示著她自己的意見。

安妮不出聲，她對盛大胖子一點也沒有好印象，但是她知道，那只是自己感情上的印象，如果說出來一定會給木蘭花呵責的。

5 主謀人

車子向前駛著，在離開了市區之後，天色突然黑了下來，陰暗得十分可怕，天際雷聲隆隆，炎夏時分常見的大雷雨來了。

木蘭花將車子的速度加快，希望在大雷雨未下來之前趕回家中。

雷雨來得太快了，突然之間自天際灑了下來，雨勢來得如此之急，令得公路之上，在不到三分鐘之內就出現了許多水潭，車子駛過，積水濺起老高。

雨勢還在繼續著，木蘭花將車子的速度減慢了些，那樣的豪雨真是一年也難得看到一次的，天色也更陰暗了。

木蘭花的車子在經過一條支路之後不久，忽然看到支路中有一輛車子轉了出來，那車子以極高的速度向前追了過來。

木蘭花此際將速度控制得相當慢，而追上來的汽車，時速是在七十哩左右，是以轉眼之間，那車子便追上了木蘭花的車子。

在追過了之後，那車子發出了一陣尖銳的剎車聲，突然停了下來，由於車子停得太急，而在大雨之中，公路又十分滑，是以車子一停，便在路面上接連打了幾個轉，才橫在路面。

那時候，木蘭花也立時停下了車子。

安妮厭惡地道：「醉鬼？」

木蘭花立時道：「安妮，不是醉鬼，這輛車子是早知我們會經過，是以在支路上等我們，你得小心些，車上會有人來對付我們了。」

安妮忙握住了她的枴杖。

這時，雨勢仍然非常大，從車了的玻璃窗中望出去，只見模模糊糊的一片，幾乎什麼也看不到，而那輛車子卻始終沒有什麼別的動靜。

她們等了足一分鐘，木蘭花雙眉一揚，道：「安妮，你掩護著我，他們不來找我，我去找他們，那也是一樣的。」

安妮點著頭，將玻璃窗搖了下來，豪雨立時撲了進來，安妮睜大了眼，望著那輛車子，木蘭花也在那時推開車門，滾了出去。

雨勢是如此之大，木蘭花才一滾出車去，就全身都濕了，她先滾到了路邊，才突然一躍而起，又是一個打滾，滾到了那輛車子後面。

如果那輛車中的人有意要暗害木蘭花的話，那麼，當木蘭花在一躍而起之際，就是最好的時機，所以安妮在那時候也特別緊張，可是那輛車子卻只是停著，一點動靜也沒有。

木蘭花滾到了車邊，緊貼著那輛車子的車尾蹲著。她的心中也覺得十分奇怪，從那輛車子的來勢看來，分明是來追趕她們的。

但何以在追上了之後，卻一點動靜也沒有呢？照現在的情形看來，那車子之中，像是根本沒有人一樣。

當然，那是不可能的事，如果沒有人，車子會自動駛過來麼？

雨像是天漏了一樣，灑在木蘭花的身上，木蘭花掠了掠頭髮，慢慢地直起身子來，當她可以從車尾窗中，看到車廂中的情形時，她不禁一呆。

雖然雨水從車後窗中不斷的滾下，但是木蘭花也可以看到車廂中的情形，她所看到的是：在車廂之中，根本沒有人。

沒有人，那是不可能的，剩下來的可能，那便是車廂中的人伏了下來，所以她從車尾窗望進去，就會看不到他。

木蘭花立時又伏了下來，她向在車中的安妮做了一個手勢，示意安妮手中的武器對準了那輛車子的車門，而她自己一個翻身，來到了那車門之旁。

她的身子仍然伏著，可是她的手卻伸了上去，握住了門把，用手一拉，將車門拉了開來，安妮在那一剎間，幾乎已要按下發射子彈的按鈕了。

木蘭花則在拉開車門之後，身子隨即向後退去，仍然隱身在車門之後，所以在那一瞬間，車廂中的情形，木蘭花仍然是看不見的。

但是安妮卻可以看得見。

安妮看到，隨著車門被打開，一個人的身子側了一側，那個人另外一隻手側出了車外，但是他的身子卻挨在車中的座位上。

那人的手臂側出了車門，盪了幾下，從那種軟綿綿的情形來看，那人早已死了。安妮立即叫了起來，道：「蘭花姐，你快看。」

安妮一叫，木蘭花也立即知道有什麼極度意料之外的事情發生了。她連忙挺直了身子，而她才一站起來，她心中的驚訝，比安妮更甚。

安妮只看到車中的那個人死了，由於雨大，阻隔了視線，她並沒有看清楚那是個什麼人，然而木蘭花卻看出那是什麼人了。

那是銀行總經理！在他的頸際有一個小孔，從那小孔中，有一縷血流下來，血可能已流了很久，因為汽車的座位上也全沾滿了鮮血。

總經理的一雙眼睜得十分大，可是，當木蘭花的手在他的眼前移動之際，他睜得老大的雙眼，卻仍然一動也不動，那證明他已經死了。

木蘭花呆呆地站立著，任由雨水潑灑在她的身上。

在那瞬間，她的心中，實在亂到了極點。

總經理是被人槍殺的，木蘭花無法知道他是什麼時候中槍的，但是卻可以肯定，總經理在中槍之後，不是立即死去，而還能駕車來見她。

但是，他雖然追上了木蘭花的車子，卻在停下車子之後就死了。

木蘭花心中十分後悔，後悔未曾在車子停下之際，立時前去查看，而等了好一會。如果木蘭花立時出去查看的話，那麼總經理可能還沒有死，可能對她講上幾句十分重要的話，但如今他已死了，自然是什麼都不能說了。

木蘭花呆呆地站著，安妮也下了車。

安妮看到了死者是總經理之後，她發出了一下驚呼聲，道：「蘭花姐，怎麼會是他？蘭花姐，在銀行時，我們是什麼時候起看不到他的？」

木蘭花緊蹙著雙眉，一句話也不說。

雨下得更大，她和安妮兩人全濕透了，雨水順著她們兩人的眉尖，向下直淌著。

木蘭花又呆了好一會，才道：「安妮，你先駕車回去，通知警方，叫高翔親自來，我在這裡等著，我看事情極不尋常。」

安妮連忙回到了車中，她要駕車，是十分困難的事，因為她的雙腳根本沒有任何活動的能力，但是那一副枴杖卻可以幫助她。

有了那副枴杖，安妮可以勉強進行駕駛的工作，她用枴杖點住了油門，又點下離合器，車子突然跳了一跳，向前衝了出去。

木蘭花看到了這等情形，叫了一聲，道：「小心。」她的叫聲，安妮根本未曾聽到，因為這時，雨勢仍然十分大。

木蘭花也想不到雨一直那麼大，她只是守在那輛車子之旁。因為事情發生得太突然了，她恐怕還會有意外發生，所以她要等著，等警方人員到來，但木蘭花卻想不到，她這裡沒有什麼別的意外，安妮卻遇到了意外。

安妮駕著車，駛出了不到一哩，就在一個加油站前停了下來。

那加油站離她們的住所不遠，油站中的幾個職員，也是安妮認識的。

木蘭花給安妮的任務是要她通知警方，安妮到了這油站之前，自然將車子停了下來，而在她剛停下車子之際，油站中就有人迎了出來。

那兩個人都穿著黑膠的雨衣，戴著雨帽，雨帽的帽沿拉得十分之低，令得安妮看不清他們兩人的臉面。

安妮乍一看到這兩個人的時候，還不是十分的在意，雖然她一眼就看出，那兩人絕不是油站的職員，也只當他們是來加油的顧客，可是，突然之間，安妮卻覺得事情不對勁了。

因為油站附近，並沒有車子停著。

而就在那一剎那間，那兩個黑衣人已經來到了她的車前，其中一個拉開了車門，右手也自雨衣袋中伸了出來，在他的手上，握著一柄巨型的軍用手槍，槍口對準了安妮，喝道：「出來，快出來。」

安妮呆了一呆，另一邊車門，也被拉了開來，另一個大漢已老實不客氣的進了車，在安妮的身邊坐了下來，那大漢的手中，也持著一柄同樣的手槍。

安妮表現得十分鎮定，她道：「你們是幹什麼的？」

那站在車門前的一個大漢，伸手進來，他蒲扇也似的大手一伸進來，就抓住了安妮的肩頭，將安妮直提出了車廂。

那時候，安妮並沒有反抗，她只是緊緊地抓住她那副枴杖，因為她如果失去了那副枴杖的話，那才是真的糟糕了。

而看那兩個大漢的情形，他們似乎根本不知道安妮是什麼人，他們的目的，也只是在奪取安妮的車輛。

安妮被那大漢從車廂中抓了出來，又被粗暴地推倒在地上，那大漢立時進了車廂，車子震動了一下，也立時以極高的速度向前駛去。

也就在車子疾駛前去的一剎那間，跌在地上的安妮，轉了轉身，伸手抹去了沿著她頭髮流下來的雨水，同時，伸手按下了枴杖上的一個掣。

那時，汽車已經駛出三五十碼了，安妮一按掣，自枴杖的杖尖處，射出了一枚火箭，那是一枚微型火箭，和手槍的子彈差不多大小。

但是，這種微型火箭的射程，卻比任何遠程槍械的子彈來得遠。

安妮並不存心要那兩個大漢死去，她只是想讓那兩人吃點苦頭，是以，火箭是射向汽車的後輪的。

火箭在豪雨之中電射而出，只不過是十分之一秒的事，突然之間，只見汽車一震，整輛車子在剎那間幾乎是騰空而起的。

然後，車子發出了一聲巨響，撞向了路邊的山崖。

一射出了火箭之後，安妮便已支著枴杖，站起身來，她看到汽車撞向山崖，也不禁呆了一呆。緊接著，整輛車子便被烈火包圍。

她看到一個人從車中滾了出來，那人全身著火，向前奔出了兩步，接著便在地上打著滾，但是他身上的火一直沒有熄。

直到那人滾開了十幾碼，他身上的火才算滾熄，但是他卻已伏在地上不動了，那輛車子仍然在燃燒著，坐在司機位上的那個人始終沒有出來。

安妮呆了片刻，立時進了汽油站。

她看到兩個油站職員被擊昏了過去，她忙拿起電話，接通了警局，先向警方報告了銀行總經理出事的地點，然後又報告了汽車撞山的消息。

十分鐘之後，警車和救傷車一起駛到。

在燃燒的汽車上的那人已經死亡，重傷的那人，傷勢十分之重，救傷人員將他抬上救傷車駛走了。

那兩個油站職員也已轉醒，據他們的敘述，那兩個大漢突然闖了進來，說他們的車子出了事，要借一輛車子用用。可是兩個職員並沒有車子，自然只好拒絕，那兩個人立時出手，將他們擊昏，接著再發生一些什麼事，他們就不知道了。

安妮也向來到的警官，將事情的經過講了一遍。

最後，她才道：「我的武器，是有警方的特別武器持有許可證的。」

那警官笑了一下，道：「自然，我知道。」

就在這時候，那警官腰際的無線電對講機發出了「嗶嗶」聲，當那警官按下一個掣時，高翔的聲音，從對講機中傳了出來。

高翔道：「請派人送安妮小姐到這裡來。」

「是，高主任，」那警官連忙回答著，「你在哪裡？」

「就在公路的交岔點。」高翔回答著。

那警官伸手，召來一名警員，道：「送安妮小姐到前面公路去，高主任在等著。」

安妮和那個警員一起登上了警車，不到兩分鐘，便來到了銀行總經理車子之旁，高翔和許多警官全在，安妮立時下了警車。

木蘭花向她迎來，她一見安妮就問道：「你遭遇了什麼意外？有兩個人想搶你的車子？」

「是的，可是他們都吃了虧。」

木蘭花的臉色不很好看，她的聲音也很低沉，她道：「安妮，我已經和你講過不止一次了，你不能隨便使用你的武器。」

安妮低下頭，道：「我知道，我本來是射向車輪的，車子卻撞向山去，那可不是我的錯，我只不過是想阻止他們逃走而已。」

木蘭花對安妮的解釋顯然不很滿意，從她轉過身去，不再理睬安妮的這一點上，可以看得出來。

安妮張了張口，像是想說什麼，但是，她卻沒有講出來，只是咬著唇。

她早知道，這件事木蘭花一定會責備自己的，但是她一點也不覺得她有什麼錯，那兩個人分明是不法之徒，她怎可不對付他們？

高翔是聽到木蘭花和安妮兩人的對話的，他走了過來，道：「安妮，我看這兩個人和銀行總經理之死，可能有一定的關係。」

木蘭花揚了揚眉，道：「有什麼關係？」

「那兩人的車子撞在一條支路的大樹上，」高翔說：「已經發現了，而那條支路，就是銀行總經理駕車駛出來的那條路。」

木蘭花不出聲，她的雙眉蹙得十分之緊，顯然是她的心中正在急速地轉著念，她來回踱了幾步，才道：「你快到醫院去，看看從那傷者的口中能問出什麼來。」

高翔點著頭。

木蘭花又道：「借一輛車給我，我和安妮要回去了。安妮，跟我來，這裡的事情，讓高翔去處理好了。」

安妮仍然不出聲，她跟在木蘭花的後面，一起上了一輛警車，幾分鐘之後，那輛警車便已到了她們的家前。

木蘭花下了車，安妮也跟在後面。進了屋子之後，木蘭花才講了一句話，道：「你去換衣服，濕衣服穿久了會生病的。」

安妮仍然不說什麼，她在走向樓上去的時候，忍不住流下了兩行淚來，她不是覺得木蘭花不好，但是她卻覺得受了委屈。

木蘭花的心情也十分沉重，在木蘭花手下吃了虧，受傷和喪生的匪徒，不知有多少，但是木蘭花絕不是一個暴力主義者。

她最經常使用的武器，不是殺傷力極強的武器，而是使人在極短時間內，便失去了抵抗力的麻醉槍，自這一點上，也可以得出證明了。

所以，木蘭花對安妮如此隨便使用殺傷力強的武器，她已經很嚴厲地責備過一次了，這一次，她自然也不肯隨便捨棄原則。

她望了安妮的背影好一會，才走上樓，換去了身上的濕衣服，在陽臺上坐了下來，雨仍然十分繁密，天色也極其灰暗。

她在想，高翔在醫院中，能得到一些什麼線索呢？那兩個攔劫汽車的人，是不是真的和銀行總經理之死，有著關聯？

而銀行總經理的事，和金庫中接二連三出現的怪事，又是不是有關？木蘭花的心中十分亂，她簡直想不出一點頭緒來。

高翔在醫院的走廊中等了許久，緊急施救室的門才打了開來。可是並沒有活動病床推出來，出來的只是一名醫生。

那醫生一出急救室，就拉下了口罩，搖了搖頭，道：「傷者的傷勢十分沉重，急救只怕不能挽回他的生命。」

高翔忙道：「他可以講話麼？」

醫生停了一停，道：「如果注射強心針的話，他或者可以講話，但是那種措施不是必要，醫院方面是不願意施行的。」

「太必要了！」高翔忙道：「這人和一件十分嚴重的謀殺案有關，被謀殺的人，是在社會上十分有地位的金通銀行總經理。」

醫生忙轉身走進了急救室，高翔連忙跟了進去。

高翔一走進急救室，立時有人遞白袍白帽給他，傷者躺在手術床上昏迷不醒，那醫生吩咐了幾句，護士立時對傷者進行了注射。

高翔來到了手術床之前等著，傷者的臉上全被著紗布。

過了幾分鐘，只聽得紗布之下發出了一下呻吟聲。

高翔忙問道：「你是什麼人？」

「我……我是……盧得。」紗布下傳來了微弱的回答。

高翔陡地吃了一驚，他知道他料得不錯了，那傷者的名字叫盧得，那正是一個著名的職業殺手的名字。

他忙又問：「是誰主使你去殺總經理的，你快說，你一定要說出來。」

可是，高翔卻得不到回答，他只看到傷者在發著顫，蓋住他臉上的紗布，也在不住抖動，高翔一伸手，揭開了那塊紗布。

一揭開了那塊紗布，高翔不禁倒抽了一口涼氣，盧得傷得十分之重，他面上的皮膚幾乎全被燒去了，露在外面的肌肉，呈現一種可怕的紅色，他的唇在發著抖，但是他發出的聲音卻十分怪異，根本不成為語句，只是一種怪異的呻吟聲。

高翔還要逼問，但是醫生已將他輕輕地拉了開來。醫生指著一具儀器，那儀器上的一幅螢光幕，正在顯示著傷者心臟的跳動，這時，跳動的曲線已變得平靜。

終於，曲線停止了，在曲線停止之後，盧得的嘴唇又顫動了一兩秒鐘，然後，他也不再動了。

高翔嘆了一聲，盧得並沒有說出是誰指使他去殺人的，但是銀行總經理之死，是盧得和他夥伴下的手，那應該是毫無問題的事了。

然而，那又是誰主使的呢？和銀行金庫的奇案，又有什麼關聯？

高翔自然找不出答案來，他慢慢地走出醫院，當他走出醫院的時候，有好幾個報童捧著號外，奔了過去，口中則在高叫著。

銀行總經理當然不及董事長陸德的地位來得高，但是也是社會名流，而且正是在銀行地位風雨飄搖之際，突然出了事，當然更惹人注目。

高翔望著紛紛購買報紙的市民，他心中不禁苦笑著，因為從那種情形看來，明天銀行方面又會有什麼事，實在難以預料。

這本來是一件看來十分怪異的怪事，只不過是金庫之中，突然出現了一個橡皮人而已。

現在橡皮人出現在金庫之謎已經解決了，可是事情的發展，卻變得越來越嚴重，而且，看來事情還會繼續發展下去，不過會做出了什麼樣的發展，又全然無法預測。

高翔站了沒有多久，一輛警車已經駛到了他的面前。

高翔上了車，駕駛的警員道：「到哪裡去？」

高翔想了一想，道：「回警局去。」

他本來是想立即去找木蘭花的，但是既然他已經知道盧得的身分，他自然應該先回警局去，查一查有關盧得的資料。

在警車中，高翔閉上了眼睛，可是他的心中卻亂得可以，因為這件事的發展，證明那是一件犯罪的事件，可是，那又絕不是普通的犯罪案件。

從已有的線索看來，這個犯罪的目的，是在弄垮金通銀行，從而使本市的經濟發生極大的混亂。高翔雖然不是經濟專家，但是他卻也可以知道，在經濟的大混亂之中，如果有人能事先知道，那一定可在其中混水摸魚，獲取巨大的利益。

這或許就是這次犯罪的目的。

高翔到了警局，立即吩咐資料室，將有關職業殺手盧得的一切檔案，送到他的辦公室去，而他一走進辦公室，就立即打電話給木蘭花。

高翔在電話中告訴木蘭花，傷者臨死之際，已講出自己的名字，他的名字是盧得。

一聽到那名字，木蘭花的反應和高翔一樣快，她立即道：「盧得？他是著名的職業殺手，但是，他洗手不幹已有很久了。」

「那很難說，或者有人肯出十分高的代價，他心動了，也未可知，不過據說他已十分有錢，我們會更進一步調查。」高翔回答。

木蘭花忙道：「高翔，你別浪費時間了。」

高翔一呆，愕然道：「什麼意思？」

「我的意思是，你不必費時間去查看盧得的檔案資料，」木蘭花道：「每一個職業殺手都有一個經理人，盧得的經理人是楊林。」

高翔用力一掌拍在桌上，他不由自主地叫了起來，道：「對，我怎麼沒有想到這一點！我應該立即去找楊林，警方有他的地址。」

「你要小心些，楊林不是容易對付的人物，我想你應該多帶點人去，正式以警方人員的資格查問他。」木蘭花提醒著。

「我知道，他現在表面上是正當商人，我看他不敢將我怎麼樣的，我見了楊林之後，立即和你聯絡。」

高翔放下了電話，他用十分興奮的聲音下令二十名警員，和他一起出發。

高翔如此興奮，是有理由的，盧得死了，主謀人成為一個極度的秘密，但是如果楊林和盧得保持著職業殺手和經理人的關係，楊林一定知道是誰出錢收買盧得去殺害銀行總經理的，只要找出了這個主謀人。那麼事情就解決了。

高翔走出警局的時候，一位警官已帶著警員排列在警局前的廣場上，高翔點了點頭，隨後登上了警車，疾駛而去。

楊林以前是幹什麼的，知道的人絕少，他現在則是一家著名的百貨公司東主，當然也是在社會上十分有地位的人物了，所以，當警車停在楊林的那幢花園洋房前的時候，門房出來開門，一看到那麼多警員，臉上的驚愕之情是難以形容的。

高翔也根本不和門房多說什麼，伸手將之推開，就向內走了進去，他才走進花園，就聽到一陣悠揚的音樂，大廳之中，燈火通明，看來正有晚會在舉行。

高翔來到了游泳池旁，他已可以肯定有晚會在舉行了，因為通過巨大的落地玻璃門，他看到大廳中有不少男女翩翩起舞。

高翔向後擺了擺手，令跟來的警員停住，他則向前逕自走了過去，站在玻璃門前的幾個男僕已經呆住了，大廳中也有不少賓客，發覺花園之中多了許多警員。是以，當高翔走進大廳的時候，幾乎所有的人都停止了活動，一隊義大利音樂師也停止了奏樂，大廳中靜得出奇。

在寂靜中，一個穿著晚禮服，挺胸凸肚的中年人，氣衝衝的走過來，可是他一看到了高翔，便呆了一呆，強捺著怒意問：「高主任，什麼事？」

「沒有什麼，」高翔笑了笑，「有一點事想找你談一談，楊先生，當然，我們的談話不方便使每一位賓客都聽見的。」

楊林十分憤怒，他揮著手，大聲道：「豈有此理，警方人員可以隨便闖進人家屋中來，那還成什麼世界？這難道是警察社會麼？」

高翔微笑著，道：「不是這意思，楊先生，如果你不願意會見我，那麼，警方也可以通過正式的手續，請你到警局去的，隨你的便！」

楊林呆了片刻，他先向賓客們打著招呼，道：「沒有事，我和高主任是老朋友了，各位請繼續跳舞。」

高翔也頻頻向賓客微笑著，因為他認識其中的很多人，那些人，自然都是本市的名流，和十分有錢的人，高翔的態度使賓客氣氛變得輕鬆起來。

所有的警員都留在花園中，楊林向音樂師揮著手，音樂再度響起，楊林帶著高翔，來到了一間十分安靜的房間之中，那看來是楊林的書房。

當門拉上之後，音樂聲也被隔斷了，楊林憤然道：「好了，這算什麼意思，好像我犯了大罪？」

高翔笑了笑，順手在書桌上拿起了一個水晶紙鎮來玩弄著，道：「楊林，剛才我是給面子的了，你自己以前是幹什麼的？」

楊林怒道：「高主任，你自己以前又是幹什麼的？以前的事情，提來有什麼用？」

高翔冷笑了起來，道：「可是你的情形，多少有點不同，你的老毛病又犯了，這一次，你和盧得搭線，收了多少佣金？」

楊林陡地一呆，然後立時大罵起來，他罵了幾句非常難聽的話，然後才道：「你在放什麼屁，我現在是什麼地位的人！」

高翔冷冷地道：「盧得又犯事了，金通銀行的總經理已被謀殺，我看，你是脫不了關係的了，楊林！」

6 好運氣

楊林的面色，變得十分蒼白。他呆了好一會，才道：「這畜牲，他又在生事？他已落在你們手中了，是不是？你們可以去審問他，看看事情是不是和我有關。」

高翔並沒有告訴楊林，盧得已經死了，而楊林敢那樣說，那自然是證明事實與他無關的了，剎那間，高翔的心中一陣灰心。

他自然不會將他心中失望的神情表露在臉上，他只是冷冷地望著楊林，楊林大聲叫了起來，道：「還那樣看我作什麼？」

「我在看你用什麼方法來推搪責任。」高翔冷冷地回答。

楊林也冷笑了起來，道：「高翔，你以為我是什麼人，被你嚇得倒的嗎？盧得的事是他的事，和我沒有關係，請離開我的家。」

高翔向門口走去，他一面走，一面想，如果楊林和事情有關，那麼他一定會在自己走出門之前叫住自己的。

可是高翔已到了門口，楊林還在冷笑，高翔在門口略停了一停，才道：「楊林，有一件事不妨告訴你，盧得已經死了。」

楊林冷笑著，道：「那也不關我的事。」

「可是你最近見過他？」高翔突然轉身過來。

高翔這句話也是沒有根據的，他故意如此說，來看楊林的反應。

楊林立即說：「是的，他來找我借錢，他輸得太厲害了。」

「你怎樣對付他？」

「我告訴他，我和他的關係早已一刀兩斷了，我現在是一個正當的商人，我也根本不會借錢給他，他也不必再來找我。」

高翔冷笑著：「你不怕他懷恨在心？」

「我寧願他懷恨在心，也好過不斷地受他的勒索。」

高翔吸了一口氣，道：「那麼，警方願意相信你和他已沒有來往了，然而，卻希望你和警方合作，你應該知道他的地址。」

楊林呆了片刻，道：「他曾和我說過，他在賣掉了他原來的洋房之後，搬到威風大廈十七樓A座，那是一幢很低級的大廈房子。」

高翔拉開了門，道：「謝謝你，請你記住，盧得的死訊還是一個秘密，你絕不能向任何人提出，不然，我會隨時在你家裡出現的。」

楊林哼了一聲，道：「你放心，你這樣的人，我寧願有幾隻無頭鬼上來也還好得多。」

高翔走了出來，在通過大廳的時候，他又向各人點著頭，然後，他大踏步走過花園，和所有的警員一起上了警車。

上了警車之後，他只講了一句話：「到威風大廈去。」

警車疾駛而去，高翔的心中也十分焦慮。他來找楊林雖然沒有收到預期的效果，但是卻也不能算是沒有收穫，因為他已經知道盧得現在的住址。

那是十分有用的，職業凶手在受人委託之時，當然是先收取酬勞，但通常只是一半，還有一半待收，那麼，在職業凶手的住所中要找到一些線索，是很有可能的事，尤其是盧得那樣，因為他的新住所還是十分秘密，就更不會刻意提防。

威風大廈總共二十九層高，密密地，像是鴿子籠一樣。在那樣的一幢大廈之中，至少住了上千人。走進小堂，就有一股難聞的氣味撲鼻而來。

電梯之中，畫滿了各種難看的圖畫，和寫滿了各種粗言，高翔不禁嘆了口氣，他是認識盧得的，盧得生活之奢華，令人咋舌，那是因為他職業殺手的生涯，收入非常豐富的緣故。

他在收山之後，仍然十分富有，由於他行事十分巧妙，是以警方根本掌握不到任何證據，所以一直逍遙法外。

但現在，他的生活竟潦倒到了這一地步，自然是逼得他再去做殺手了。

高翔一面想著，一面已跨出了電梯，走到了長走廊的盡頭，才是A座。

那一個單位的門鎖著，但高翔花不到一分鐘就將門打了開來，屋中十分雜亂，幾張破沙發上，倒有好幾隻酒瓶。

有五個警員是和高翔一起進來的。高翔站在屋中心，道：「仔細搜索，任何有文字的字紙都要留意，絕不能有絲毫疏忽。」

高翔走進了臥室，臥室中一樣凌亂，在床頭有一具電話，高翔將手按在電話上，想和木蘭花通一個電話，報告與楊林會晤的情形。

可是，就在他的手剛一按上電話筒之際，電話鈴突然響了起來，高翔倏地一呆，電話鈴繼續響著，高翔拿起了電話來。

他拿起電話來之後，立時用一種聽來含糊不清的聲音道：「我是盧得，你是誰？」

他立即聽到了一個顯然也經過喬裝的聲音道：「你幹得很好，你可以立即來收取其餘的一半錢了，而且，還有新的買賣。」

高翔絕不是沉不住氣的人，可是他聽得那幾句話，心頭不禁怦怦亂跳了起來，那是主使殺人的主謀打來的電話！高翔實在不知如何應對才好。

如果那時聽電話的是盧得，自然只是答應一聲就可以了，但是高翔卻不能那樣，因為他根本不知道約好的地方是在何處。

他又不能耽擱著不出聲，是以他便道：「還是老地方麼？」

「當然是，你立即來，我大約半小時之後可以到。」

高翔的心中十分著急，他忙道：「你將地址說一遍。」

對方遲疑了一下，道：「為什麼？」

高翔急中生智，道：「我不知道你是不是我的主顧？」

那聲音笑了一下，道：「你倒小心。」

高翔也乾笑著，道：「我們的職業不能不小心。」

那聲音道：「在金通銀行左側的小巷中，現在，你相信我是你的僱主了麼？」

高翔長長地呼了一口氣，道：「相信了。」

那邊「卡」地一聲，已放下了電話。

高翔也忙放下電話，他心頭仍然怦怦亂跳著，他真不能相信自己的運氣竟如此之好，他費盡心機，只不過想得到一些有關主使人的線索，但是他竟接到了主使人的電話，並且知道了主使人和盧得見面的地點，那真是難以形容的好運氣。

他連忙退出了臥室，對正在進行搜索的警員道：「這裡沒有事情了，你們先下樓，回警局去，不必等我了。」

那幾個警員的心中雖然疑惑，但他們對高翔的命令，都是毫不猶豫，立即遵行的，他們一起向高翔行了一個禮，退了開去。

高翔等警員離去之後，才撥了一個電話給木蘭花，在電話中，他用興奮的語調，將一切經過全告訴了木蘭花，木蘭花靜靜地聽著。

木蘭花在接到高翔的電話時，正在沙發上看書，她聽完了高翔的敘述，略停了一停，才道：「那麼。你決定去見那主使人了？」

「自然。」高翔立時回答。

「你不覺得，那可能是一個圈套麼？」木蘭花問。

這一次，輪到高翔停了片刻，然後他才道：「那可能性小極了，盧得的死訊，根本沒有人知道，還是一個秘密，所以——」

木蘭花突然打斷了他的話頭，道：「高翔，你講話前後矛盾了，你剛才還說，你將盧得的死訊告訴了他以前的經理人楊林。」

高翔道：「是的，可是根據我的觀察，楊林的確和這件事沒有關聯，他不想和警方惹麻煩，自然也不會將我告訴他的秘密洩漏出去的。」

木蘭花「嗯」地一聲道：「你要小心。」

「我知道，你等我的好消息好了。」

木蘭花又答應了一聲，她輕輕地放下電話。

當一個人在沉思的時候，動作總是輕而慢的，木蘭花那時的情形就是如此。她在想著，想著整件事情。整件事情乍一看來，十分撩亂，但是仔細想來，卻是有一條線在貫通著，那條線可以聯結起所有的事情，而達到一個目的。

木蘭花迅速地將所有的事整理了一下，先是在守衛如此嚴密的金庫之中，出現了兩次橡皮的蒙面大盜，犯罪者用極其巧妙的手法，將這種橡皮人帶進金庫去，使它在金庫內自動充氣，以致像是「突然出現」一樣。

這是一種十分巧妙的安排，自然是深思熟慮的結果。而且，犯罪者的目的，也絕不是在金庫中偷走些什麼，如果那樣想，未免將犯罪者的胃口看得太小了。

犯罪者的目的，是想藉此造成一種銀行不穩定的消息，引致存戶對銀行的不信任，從而搞垮金通銀行，製造本市金融的大混亂。

木蘭花想到這裡，不禁深深地吸了一口氣！

然後，便是銀行總經理的被謀殺。

木蘭花想不通的是，總經理何以會在郊區的公路上遭到謀殺的，木蘭花竭力回憶著在銀行中的時候，總經理是不是有什麼失常的地方，但是她卻沒有結果，她一點也想不起總經理有什麼異常的地方來。

木蘭花假定總經理是想來找她的，那樣的假設，比較容易解釋得通。因為在中了槍之後，總經理還未曾死去，在木蘭花的車子經過之際，他還能竭力追來。對於總經理被謀殺一事，木蘭花運用她非凡的推理能力，倒可以歸納出一個結論來。

她可以想像，總經理本來就是在那支路上等著，準備追上自己，多半是有什麼重要的事要對自己講的，可是凶手跟了上來，就在那支路上對他開了一槍。

盧得是神槍手，他發射的一槍，照說是不應該不能令人立即致命的，但是盧得近來的生活十分潦倒，而且酗酒，那可能使他的槍法打折扣，是以便未曾射中總經理立即致命的所在，而盧得在行凶之後倉皇離去，以致他的車子出了事。

盧得和他的夥伴於是棄車前行，在大雨中，他們到了加油站，準備搶奪別人的車子回到市區去，卻又碰到了安妮。

木蘭花知道，這一切雖然只是自己的推測，但是離事實決計不會太遠，現在，剩下來的問題，只有兩個了。

第一個問題是：總經理想對自己說些什麼？

第二個問題是：誰主使盧得去謀殺的？

木蘭花緊蹙著眉，一動也不動，在她沉思之間，她簡直就如同石刻的雕像一樣，她也不知道安妮是什麼時候來到她面前的，直到安妮開了口。

安妮在回家之後，幾乎一句話也沒有說過，她是被電話鈴聲引下來的，她知道那是高翔的電話，然後，她又看到木蘭花如此之出神。

她自然知道，那是案情有了新的發展，所以她下了樓，看到木蘭花的雙眉略略舒展時，她知道木蘭花的思考已告一段落，是以她才問道：「蘭花姐，高翔哥哥說了些什麼？」

木蘭花道：「他已找到了那主謀人。」

「是誰？」安妮忙問。

「現在還不知道，那主謀人打電話到盧得的住所，高翔恰好在，主謀者要付盧得另一半的酬金，他們已約了在金通銀行旁的小巷中見面了。」

安妮奇道：「到處都可以見面，為什麼要到金通銀行邊的小巷呢？那裡並不是付錢或者見面的好地方，蘭花姐，你不覺得奇怪麼？」

木蘭花被安妮一提醒，心中陡地一動，她也立時問自己，為什麼要在金通銀行邊的小巷之中進行交易呢？那絕不是理想的交易地方。

高翔在離金通銀行有一條街處下了車，銀行區是本市的心臟，在日間的時候，這幾條路上摩肩接踵，不知有多熱鬧。但是現在，它卻是冷清清地，許多幢高聳宏偉的建築物，在那樣冷清的情形下，也給人以孤寂之感。

高翔一面向前走去，一面也在想：為什麼盧得和那主謀人，要約在金通銀行旁邊的小巷之中進行會晤呢？這的確是一個令人感到奇怪的問題，高翔立即想到了一個可能：因為被謀殺的對象，是金通銀行的總經理。

但是他繼而一想，就覺得那個理由是沒有什麼根據的。

高翔一面想著，一面向前走去。

由於四周圍是如此寂靜，是以高翔也將腳步放得十分輕。

他已經來到金通銀行的對面了，金通銀行的巨廈，是整個銀行區中最宏偉的一座。從馬路對面抬頭望去，只見那座巨廈，像是一頭碩大無朋的巨獸一樣，令人產生一種陰森可怖之感。

高翔呆立了大約幾秒鐘，他在那幾秒鐘之內，心中急速地轉著念，在剎那間，他心中所想到的，是一些奇妙的心理問題。

他設想那主謀者在第一次會晤職業凶手盧得的時候，當然也是在夜晚，而不會是白天，那麼，主謀者當時的心情怎樣？

那主謀者不可能是一個職業犯罪者，因為一個職業犯罪者，是絕少假手外人來殺害一個人的，那樣，會有把柄落在別人的手中。職業犯罪者的做法是親自下手！而如果不是職業犯罪者，那麼當他會見盧得時，儘管可能裝出若無其事的神態來，他的心中卻可能十分害怕和緊張。

那樣想來，選擇巨廈旁邊的小巷作為會晤的地點，更加令人想不通了，因為在巨廈的旁邊，那種陰沉的氣氛，只會使人增加心頭恐懼的，除非……

高翔一想到這裡，心頭不禁陡地一亮！

剎那之間，他覺得自己已經想通了，想通了為什麼那主謀者要在這裡會晤職業凶手了，那自然是因為對這個主謀者來說，銀行的巨廈不但不足以成為陰沉的威脅，反而使他在心理上獲得安全感。

那也就是說，這個主謀者對金通銀行大廈十分熟悉，他是金通銀行中的人，而且一定是職位十分高，和銀行的關係十分深的人。

高翔一想到這裡，心頭又感到了一陣高興。

他並不立即過馬路去，而是在馬路對面走著，來到了那小巷的對面。

這時，天又淅淅瀝瀝地下起雨來了，那對高翔是有幫助的。

高翔拉高了雨衣領，拉低了雨帽，站在對街，使人家看不清他的臉面，而他則向對面小巷中注視著，小巷中只有一盞燈，雨光濛濛，使得小巷之中十分黑暗，但是高翔也可以看到，那時，巷中還沒有人出現。

高翔轉到了一幢大廈的角落處站著，仍然目不轉睛地望著對面，約莫十分鐘之後，他看到有一個人，在小巷的另一頭走了進來。

那人走得十分慢，高翔和他隔得還遠，自然看不清那是什麼人，而且，那人也和高翔一樣，豎著雨衣領，戴著寬邊雨帽。

高翔連忙走過了馬路，來到那小巷口。

當高翔在那小巷口出現的時候，那人走進了小巷，大約三、五碼，高翔離開他仍然有將近三十碼的距離，依然看不清他是誰。

他們兩人都呆了片刻，然後才漸漸接近。

高翔的心中實在十分急，急於想知道那人是誰，但是他卻不敢太匆忙，唯恐因之而露出破綻來，給對方認出他不是盧得。

他們漸漸地接近，當高翔和那人相距只有十來碼之際，高翔的心中更是甚為緊張，他深深地吸了一口氣，而也就在那一剎那，他突然看到對方的右臂做了一個十分怪異的動作。

那人的右手一直插在雨衣的袋中，這時他的那個動作，在旁人來說，可能根本不會注意，但是高翔畢竟是反應極其靈敏的人，他立時站定了身子。

那人的右臂，像是想提起來，可是卻又不提起，那分明是他的心中對於應不應該將右手伸出來，還正在猶豫不決。

那使得高翔立時想到，那人的手中握著槍，他是決定不下現在就放槍。還是等高翔離得再近些才射擊！

高翔也可以肯定，那人是一個生手，如果他是一個老練的殺人者，那是決計不會在殺人之前，有那種猶豫不決的動作的。

高翔在一呆之後，身子立時蹲了下來。

也就在他一蹲下來的那一瞬間，槍聲響了。

槍聲連響了三下，那三下槍響，在兩幢大廈之間，引起驚人之極的回響來。

高翔的身子滾動著，滾到了大廈的鐵門之旁，他藉著一根粗大的水管作掩護，翻身過來，也已拔槍在手。

高翔的槍法是國際知名的，他一握槍在手，那人可以說已經沒有生路的了，但是，當高翔舉起槍來的那一瞬間，那人卻已奔出了小巷。

高翔連忙身形躍起，向前追了出去。

他是以百公尺賽跑的速度向前衝出去的，在他向前衝出去之際，他還要冒著被對方槍擊的危險，可是他卻也顧不得那麼多了，他不能失去那線索，他一定要追到那主謀者。

小巷中因為下雨的關係，地面十分滑，高翔奔出去的勢子如此之快，好幾次幾乎滑倒，但高翔的身手十分矯捷，他幾乎在十秒鐘之內就奔到了巷口。但是那人卻不在了。

高翔立時在巷口貼牆站定，他沒有聽到汽車駛走的聲音，可想而知，那人一定還在，那人是有槍的，他自然要小心。

高翔才一站定，便聽得馬路的兩面都有警車響著嗚嗚的警號聲駛了過來。剛才那三下槍聲發出的回響如此驚人，自然驚動了巡邏的警車，在不到五分鐘的時間中，小巷兩端停了四輛警車之多。

高翔在第一輛警車到達的時候，便已現了身，他手中一直握著槍，大聲吩咐道：「封鎖附近街道，找尋一個穿著雨衣的人，那人的手上有槍，行動要十分小心。」

金通銀行的後門成了高翔的臨時指揮所，警車的車頭燈照射在金通銀行亮晃晃的銅門上，再加上雨光的反映，射出眩目的光芒來。

那人實在不可能逃得太快的，高翔心中在想，可是，半小時，一小時過去了，那人卻仍然沒有蹤跡，使高翔不得不下令撤銷封鎖。

因為天快亮了，這個全市的心臟地區在經過一夜的休息之後，又要開始活動了，全市每一個角落都會有人湧向這裡，如何還能封鎖主要的通道。

當高翔坐在車上，車向警局駛去的時候，一則由於疲倦，二則是由於心中的沮喪，他一直閉著眼，連睜開眼來的氣力都沒有。

他在埋怨自己，當時一看出對方似乎有異動之際，實在不應該立即蹲下來，而應該向前撲去。

可是他的心中卻又立即苦笑了起來，撲向前去，實際上是沒有可能的，對方發槍的話，如果他正向前撲，如何避得過去。

他回到了警局，進了他自己的辦公室，鎖上了門，脫下雨衣，就在長沙發上躺了下來，不一會就睡著了。

他是被對講機的「滋滋」聲吵醒的。

當高翔睜開眼時，已是滿室陽光了，他跳了起來，按下對講機的掣，女秘書的聲音立時響起，道：「高主任，蘭花小姐來了。」

「噢，請進來！」高翔跳到門前，打開了門。

木蘭花的神情不怎麼開朗，她見了高翔，立即問：「昨天晚上的事情怎樣了？為什麼不和我聯絡，害我等了一晚。」

高翔忙道：「我回來時，天已快亮了，不想吵你。」

「情形究竟怎樣？」木蘭花再問。

高翔苦笑了一下，道：「我見到了那人，可是那人在離我還有十來碼時，便向我開槍射擊，我再去追他時，他已失去了蹤跡。」

木蘭花和高翔一起走進了辦公室，她不以高翔的回答為滿足，又道：「你將詳細的經過，一點也不要遺漏，講給我聽。」

高翔知道木蘭花的分析能力在自己之上，同樣的經過，在自己眼中，可能看不出什麼來，但是在木蘭花的分析之下，便能說出問題的本質來。

是以他略想了一想，便將昨天晚上所有的經過，都講了一遍，他不但向木蘭花講了當時的情形，而且，也向木蘭花講了自己的想法。

木蘭花一直靜靜地聽著。等到高翔講完，她才抬起頭來問道：「你說當時很靜，那麼，在那人出現之際，你可曾聽到汽車聲音？」

「沒有，我一直注意著那小巷，他是在靜寂之中突然出現的，然後，當我去追趕他時。他一奔出小巷，就不見了。」

「他躲進金通銀行去了。」木蘭花說。

木蘭花在說這句話的時候，她的語調十分平靜。可是，木蘭花的話，卻令得高翔陡地一震。

木蘭花又道：「你為什麼感到奇怪？你想得對，那主謀者選擇了那小巷和職業殺手見面，唯一的理由就是那銀行大廈對他的心理有安全感，他是銀行中的人，他從銀行中走出來，出現在小巷中，然後，當他逃走時，他又逃回銀行。」

木蘭花的分析，雖然是令人吃驚的，但是那樣的分析，卻恰好解釋了為什麼那人會一奔出小巷，便立即不見的疑團。

高翔呆了半晌，才道：「可是……可是當時我站在銀行的後門，大銅門卻下著鎖，那人怎能這樣快便回到了銀行之中？」

「他可能有別的小門可通，我想，我們應該到現場去勘察一下，而且，我們也應該去拜訪一下銀行中的某些高層人員了。」木蘭花說。

「你是指哪些人？」

「銀行一共有四個巨頭，總經理死了，我們要見的人自然是董事長、副董事長和副總經理三人，去察看他們的反應。」

高翔點頭道：「你說得對，我們這就去。」

高翔和木蘭花一起離開了警局。

當他們來到了金通銀行巨廈旁的小巷時，正是中午十二時，這條小巷中全是匆匆忙忙來往的人，和午夜的寂靜，如同兩個不同的世界。

小巷中還有好幾個便衣人員守著，他們見了高翔，也裝著不認識一樣。

高翔和木蘭花一起在小巷中向前走去，道：「就在這裡，他向我連發三槍，我躲在那水管之後準備反擊時，他已奔出了巷口，等我追出去時，他已經不見了。」

「他奔出巷口時，轉向左還是右？」

「這……我沒有注意。」

木蘭花雖然得不到高翔確切的回答，但是他們仍然向前走著，等到出了小巷，向左一轉，便是銀行的後門。

木蘭花站在銀行的後門口，看了一看，就道：「你看，後門的兩旁都有兩扇門，那兩扇門，不是在銅閘之內，可以迅速開啟的。」

高翔失聲道：「是啊，我昨晚竟未曾想到這一點。」

木蘭花笑道：「今天想到，也還不遲。」

她說著，已走上了石階，一陣清涼的冷氣撲面而來，他們已走進了銀行的大堂，高翔越過了木蘭花，直向董事長辦公室走去。

銀行大堂中的人比往常來得多，雖然那樣的情形不算是擠兌，但是人心惶惶的情形，卻還是在每一個人的臉上可以看得出來。

木蘭花和高翔兩人都知道，擠兌風潮還是隨時可以發生的，金通銀行的地位，可以說仍然是在風雨飄搖之中。

女秘書一看到高翔，便已按下了通話機的掣，接著，她站了起來，替木蘭花和高翔推開了董事長室的門，高翔和木蘭花走了進去。

董事長陸德從豪華的真皮座椅上站了起來，高翔立即看到，副董事長和副總經理也在，三人的面上神色都十分憂慮。

單從他們三人面上的神色看來，是很難斷定誰才是一切事件的真正主謀者的，高翔一進去，就道：「很好，你們三位都在這裡。」

陸德的聲音有點異樣的尖銳，道：「關於我們總經理的死亡，警方可有了什麼新線索？」

高翔的神態像是十分輕鬆，他道：「陸先生，你問錯了，警方是早已有了線索，而不是有了什麼新線索。」

陸德等三人，全呆了一呆。

高翔暗暗向木蘭花使了一個眼色，示意讓他一個人來說，木蘭花也立即點了點頭，高翔又道：「昨天，當我們離開銀行之前，總經理已經走了，是不是？」

陸德立即道：「是的，他對我們說有一些要緊的事，要先走一步，當時我的心中還很不高興，因為沒有什麼事比銀行的事更重要。」

事實上，昨天下午總經理是什麼時候離開銀行的，木蘭花和高翔都沒有注意，但高翔卻若有其事地道：「你說錯了，陸先生。」

陸德愕然睜大了眼，望著高翔。

高翔道：「總經理要離去，正是為了銀行的事，因為他已發現了是誰在搗蛋，和銀行過不去，他已經知道了誰是主謀者。」

高翔在說這幾句話的時候，他的目光輪流地在副董事長和副總經理的臉上掃來掃去，可是他卻仍然瞧不出什麼特別的地方來。

董事長陸德急問道：「那是誰，他為什麼不對我說？」

高翔道：「他想告訴我們，可能他還沒有什麼確切的證據，只不過是懷疑，可是那主謀者卻已先下手為強，收買了職業殺手，將他槍殺了。」

陸德的手掌重重擊在桌面上，道：「那主謀者是誰，現在警方自然是知道的了，還不將他抓起來，將真情向社會公開？」

高翔多少有點窘，他剛才那樣講，全然是為了想察看眼前三個人的反應的，但是他這目的未曾達到，陸德反要他交出主謀來！

高翔只得勉強的笑了一下，道：「現在還不能夠——」

陸德不耐煩地打斷了高翔的話頭，道：「現在還不能，那要到什麼時候，如果不向社會公佈真相，銀行隨時可能垮臺。」

高翔吸了一口氣，不知該怎樣回答才好，木蘭花已代答道：「快了，那主謀者還不知凶手已死了，高主任昨晚曾和他打了一個照面，他向高主任發了三槍，卻逃進銀行來了。」

董事長、副董事長和副總經理三人的面上，全部現出極為吃驚的神色來，他們異口同聲地道：「他……是銀行中的人？」

木蘭花的聲音，突然變得十分嚴肅，道：「是的，而且我還敢大膽說一句，那個主謀者，一定是你們三個人中的一個。」

陸德大聲叫了起來，道：「木蘭花，你在開玩笑！」

「沒有人和你開玩笑，」木蘭花立即說：「而且那也絕不是開玩笑的事，高主任昨晚差一點就命喪槍下，那是開玩笑麼？」

7 銀行三巨頭

辦公室中，在木蘭花的聲音靜下來之後，根本沒有人講話，你望著我，我望著你，靜得一點聲音也沒有。

打破沉靜的，仍然是木蘭花的聲音，她道：「高主任昨晚雖然沒有看清那人的樣子，可是總還記得那人的身材，請你們全站起來。」

陸德的神色十分憤怒，像是要抗議。

但是他終於未曾出聲，三個人一起站了起來。

他們的身形，全差不多高下，高翔實在難以在三人之中辨認出什麼特徵來，而這又絕不是可以胡言亂語的事，所以他呆了半晌之後，只好搖了搖頭，道：「看來他們三個人，都差不多高下，這……」

陸德終於嚷叫了起來，道：「停止這種拙劣的把戲，你將我們當作什麼人？這簡直是對我們人格的嚴重侮辱，太豈有此理了！」

木蘭花的聲音卻堅硬得像鐵一樣，她道：「對，你們三位全是在社會上十分有地位的人，但是在法律面前，卻是人人平等的。」

陸德又在桌上重重拍了一掌，道：「胡說，我們犯了什麼法？」

「是不是犯法，自然不由我們決定，」木蘭花說：「但是根據偵查的結果，我卻肯定你們三個人都有著重大的嫌疑。」

陸德氣得講不出話來，木蘭花已轉過頭來，道：「高翔，和方局長通電話，叫他立即派人送搜查令來，我們要搜查他們三人的辦公室。」

高翔立時一步跨到電話旁邊，拿起了電話。

木蘭花對滿面怒容的陸德微微一笑，道：「你不必對我生氣，找出了主謀者，所有的市民知道只不過是有人特意用卑鄙的手法，在破壞銀行的信譽，那自然會對銀行信心大增。這對銀行是有利的，董事長，你為什麼要反對？」

「我沒有反對！」陸德大聲叫了起來，「我只是氣憤，你一定料錯了。」

木蘭花搖著頭，道：「不，我在搜查了你們的辦公室之後，就可以宣布誰是主謀者了，我可以先告訴你們，主謀者昨夜整晚都在銀行中。」

「我昨晚整晚都在銀行中。」陸德立時說。

木蘭花略呆了一呆，又向副董事長和副總經理望去，道：「那麼，兩位呢？」

兩人一起道：「我們也是。」

木蘭花又呆了一呆，道：「你們是在——」

「我們在開緊急會議，徹夜討論銀行業務，參加的還有幾個常務董事，和其他銀行的代表。」陸德大聲地回答著。

木蘭花這次呆了好久，她覺得自己一定在什麼地方犯了一個錯誤了，如果這三個人全在銀行中開會，那麼誰是主謀者就更難查得出了。

但是她還是十分鎮定，道：「我想會議進行中，一定有人趁機離開過，那是什麼人，你們能夠指得出來麼？」

陸德道：「沒有人離開過，我們三人，誰也沒有離開過。」

副董事長和副總經理一起點頭，表示陸德的話是對的。

木蘭花這一次，是真的呆住了！木蘭花呆了約有半分鐘之久。

這的確是令得她發呆的，因為三個人如果未曾離開會場，那就和她的推斷太不吻合了，而且，他們三人各自為了洗脫自己的嫌疑，是不會包庇別人的。

那麼，主謀者難道不是他們三人中的一個？木蘭花的心中，感到了一片迷惑。

高翔已放下電話，道：「十分鐘之內，搜查令就可以送來了。」

但是木蘭花卻像是對搜查令已不感興趣了，因為情形完全出乎她的推測之外，三個嫌疑者全是徹夜在銀行之中，而他們在舉行會議中，任何人要離開，幾乎是沒有可能的。

木蘭花的腦中十分混亂，但是她還是問道：「那麼，在會議進行時，你們三人之中，誰曾離開過會議室超過三分鐘的？」

陸德、副董事長和副總經理三人互望了一眼，副董事長道：「我們都離開過會議的場所，但是都沒有超過一分鐘。」

「離開會場做什麼？」木蘭花再問。

陸德的面上又泛起了怒意，道：「做什麼？去廁所，或是去拿一些必要的文件作會議的參考，總不成是去殺人！」

木蘭花沒再出聲，只是低著頭，在辦公室中走來走去。

高翔也不出聲，因為高翔知道木蘭花遇到了一個極大的難題。

木蘭花的推理一直都是十分準確的，這一次，她推斷那個出現在小巷中，收買兇手謀殺總經理的人，必然是該行的首腦之一，本來也是十分合理的，可是現在三個嫌疑人卻又有著十分堅強的不在現場的證據，他們都互相證實未曾離開過銀行，那麼，木蘭花的推斷自然碰壁了。

可是，毛病出在什麼地方呢？

高翔迅速地想了一遍，卻一點也想不出來，他只知道，木蘭花的推斷一定未曾考慮到一個關鍵問題，所以才會那樣的，但是那關鍵問題，究竟是在什麼地方發生的呢？

高翔想了片刻，木蘭花仍然沉默著，高翔問道：「你們在銀行中開會，外面有槍聲和警車聲，你們竟一點也未曾聽到？」

「我們聽不到，」副總經理說：「會議室有著極完善的隔音設備，而且我們不想讓外界知道銀行在徹夜舉行會議，所以將一切燈光蓋去，不便外露。」

高翔苦笑了一下，昨晚在雨中，當他來到銀行大區附近的時候，整幢銀行大廈的確全是黑沉沉的，一點燈光也沒有，但實際上，銀行的會議室中卻有人在開會。

高翔嘆了一聲。陸德、副董事長和副總經理，他們三人既然都未曾離開過會議室超過一分鐘，那麼，在小巷中出現的是什麼人？

當然，那也可能是他們三人中的其中一個主使的，但是，那人出現的目的，是謀害職業凶手，使他不致洩露秘密，這樣的事，自然是應該親自下手，若是又派另一個人去滅口，那太不合邏輯了。

高翔心中嘆了幾下，因為這件奇案，本來已可以說就快水落石出了，但是現在卻又陷入了撲朔迷離的境界之中。

董事長辦公室之中，氣氛十分沉悶，一直沒有人出聲，直到女秘書的聲音突然響了起來，道：「董事長，有兩位警官求見。」

陸德向高翔看了一眼，道：「請他們進來。」

不到十秒鐘，兩位全副武裝的警官走了進來，向高翔敬了一個禮，將一個搜索令交給了高翔，高翔又將那份搜索令送到了陸德的面前。

陸德的面色十分難看，放在他面前的，是一份正式的搜索令，上面有本市最高檢察長的簽署，指明持有這份文件，可以搜索整座銀行。

陸德雖然在金融界有著極高的地位，在政界也有著十分雄厚的潛在勢力，但是他也絕不能拒抗警方，制止警方搜查的。

他「嘿嘿」地冷笑著，道：「現在警方的工作真進步，銀行有了麻煩，警方竟會到銀行的主腦人身上打主意，那真妙。」

高翔冷冷地道：「陸董事長，從你的辦公室先開始。」

陸德的面色更難看，他憤然道：「請。」

高翔立時向木蘭花望去，木蘭花慢慢向高翔走過來，低聲道：「高翔，算了，我們不必再搜索了，他們昨晚全待在銀行中，根本就沒有人單獨離開過。」

高翔呆了一下，木蘭花又向他使了一個眼色。

高翔知道木蘭花一定另有用意，他的心中雖然疑惑，但是也可以知道木蘭花忽然改變了主意，一定是有她的用意的，是以高翔吸了一口氣，緩緩地道：「暫時不必搜查了，但是搜索令在二十四小時之內有效，我們隨時可以再來的。」

陸德也不說話，只是冷笑了一聲。

木蘭花已轉身向辦公室外走去，高翔向那兩個警官揮了揮手，也一起跟了出來，陸德甚至不站起來送一下，自然是他已十分惱怒了。

一出了陸德的辦公室，高翔便向木蘭花望去。

高翔雖然沒有說什麼，但是他分明是在問木蘭花，為什麼忽然改變了主意，但是木蘭花卻像完全沒有看到一樣，疾向外走去。

他們仍從銀行的後門走了出去，一直走下了石階，木蘭花才道：「高翔，你打電話找雲五風，請他和安妮立即來。」

高翔一笑道：「為什麼？」

「我們需要人手。」木蘭花的回答很簡單。

高翔答應了一聲，走了開去，木蘭花對那兩個警官道：「請你們和在銀行中的便衣探員聯絡，一見到銀行三巨頭離開銀行，立即向高主任的座車報告。」

那兩個警官答應了一聲，也走了開去。

木蘭花一個人站在銀行的後門口，她抬起頭來，仰望著高聳、密佈的銀行大廈，站在大廈之下，仰頭看去，更覺得大廈的宏偉，像是隨時可向地面壓下來一樣。

木蘭花的思緒十分亂，但是她對自己的推斷，卻有一股信念，她仍然深信自己的推斷不錯，其所以難以下結論，是因為某些地方，她未曾想通而已。

然而這時，她卻沒有新的發展來支持她的推斷，所以，她的心中只是亂成了一片，一點頭緒也沒想出來。

高翔在兩分鐘之後，就回到了她的身邊，道：「已打過電話了，五風在接了安妮之後立即趕來，大約需要二十五分鐘。」

木蘭花點了點頭，「嗯」地一聲，道：「我剛才已請那兩位警員和便衣探員聯絡，注意銀行三巨頭的行動，一離開銀行，就立即報告。」

「蘭花，」高翔問：「你準備跟蹤他們？」

木蘭花道：「是的，我還是懷疑主謀者是他們三人中的一個，我們一定要跟蹤他們，你得準備三輛有無線電聯絡的車子。」

「那容易。」高翔順手向一個在他們附近的便衣探員招了招手，又向他吩咐道：「通知總部，駛三輛有無線電聯絡的車子來。」

木蘭花又道：「他們現在不會立即離開銀行，但他們一定會離開的，我們就要跟蹤他們，記錄他們的每一個行動，我們每人跟蹤一個，安妮與五風也跟蹤一個，互相聯絡，我相信，一定能夠在他們三人之中，找出那主謀者來的。」

「蘭花，」高翔心中悶著的問題，一直到此時才問了出來，「我們已有了搜索令，為什麼不去搜查他們三人的辦公室？」

木蘭花搖著頭，道：「那是沒有用的，我們原來的目的，是想在他們三人中一人的辦公室，搜出那黑膠雨衣和手槍來的，是不是？」

「是啊。」

「但現在，他們三人都有充分的證明，未曾離開過會議室，就算我們找到了要找的東西，也沒有證明犯罪的作用。」

高翔皺起了眉頭，道：「唉，為什麼會那樣的呢？」

木蘭花卻不理會高翔說些什麼，只是道：「所以，還是不要再搜查的好，那會使那個主謀者想到，我們有更厲害的方法，那就會逼他先來對付我們了。」

高翔一驚，道：「你是說，我們的跟蹤行動可能有危險？」

木蘭花點著頭，道：「是的，那主謀者已和著名的殺人凶手勾結過，他自然可能和別的窮凶惡極的犯罪分子互相勾結的。」

高翔不出聲，只是來回踱著。

十分鐘之後，三輛在外表看來和普通的車子無異，但是卻有著無線電聯絡的車子已然駛到。

又十分鐘之後，雲五風和安妮也來了。木蘭花將如今的情勢向雲五風和安妮兩人分析了一下，他們各自進了三輛車子，在銀行停車場的出口旁等著。

木蘭花做事，一直是照顧到每一方面的，她還唯恐銀行三巨頭會不坐自己的車子離去，是以在銀行內外也佈下了不少探員，用無線電聯絡報告三人的行蹤。

木蘭花、高翔、安妮和雲五風分別在三輛車子中等著，雖然無線電聯絡系統可以使得他們如同面對面一樣地交談，但他們卻不出聲，因為他們要聆聽便衣探員的報告。

最早有了行動消息的是副總經理。

他們接到了便衣探員的報告道：「副總經理已走出了他的辦公室，看樣子準備離去了。」

木蘭花立即道：「五風，安妮，你們準備了。」

不到一分鐘，又接到了第二次有關副總經理行動的報告，道：「副總經理已到了停車場，他的司機已將車子駛到了他的身前。」

在接到了那報告之後，不到半分鐘，一輛華貴的大房車便從停車場的出口處駛了出來，雲五風連忙發動車子，跟了上去。

兩輛車子一先一後轉過街角不見了。

木蘭花在車子裡養著神，半小時後，副董事長也走了，高翔跟蹤著他，那時，木蘭花和高翔聽到了安妮的聲音。

安妮是在報告副總經理的行蹤，她道：「副總經理回到了家中，他匆匆走了進去，我們就在他家的門口等著他。他的車並未駛進車房，他可能還要到別的地方去。」

木蘭花立時道：「小心，別讓他發現。」

「知道了，蘭花姐，他一定未曾發現我們。」

木蘭花又閉上了眼睛，她在等著，只要陸德一出來，她就開始跟蹤。

跟蹤陸德，那看來是十分沒有意義的一件事情，因為陸德本身是銀行的董事長，但是木蘭花卻依然等著，一點也不放棄跟蹤陸德。

她一定要那樣做，有兩個原因，其一，事情的發展處處出人意表，那使木蘭花不能放過每一個可能性，更從每一個可能性中，去捕捉事實的真相，才能對整件案情有所幫助；其二，她不單是跟蹤陸德，而且，還可以保護陸德，在總經理遭到了謀殺之後，誰又能預料慘案不再發生？

木蘭花在車中又等了大半小時，才看到陸德的名貴房車，從車房之中駛了出來，陸德坐在車子的後座，像是正在專心閱讀一些文件。

木蘭花連忙發動了車子，和陸德的車子相距十來碼，一直保持著這個距離向前駛著，半小時之後，車子又到郊區的公路之上。

木蘭花的心中十分訝異，陸德為什麼到郊區來了？

這實在是出人意外之極的，因為金通銀行的情形仍然十分不穩，銀行中有著大量提款的人，人心浮動，謠言滿天飛，在那樣的情形之下，做為董事長，如果再有心情到郊區來遊玩，那麼他的鎮靜未免太過分了。

這自然是十分可疑的一件事。

轉上了郊區的公路之後，車子稀少了許多，木蘭花唯恐被發現，是以將車子離得更遠，自然，她不使陸德的車子離開她的視線之外。

又過了二十分鐘，木蘭花看到陸德的車子轉進了一條通向山上去的小路，那路兩旁全是樹，路也十分陡峭。

那是一條屬於私人的路，所以在路口，就有兩扇大鐵門攔著，陸德的車子駛近了鐵門之際，鐵門自動地打了開來，顯然是無線電控制的。

木蘭花並沒有跟上去，她只是將車子駛過了那條直路，又繼續駛了三十多碼，才在路邊停了下來。

她回頭向山上望去，在林木掩映之下，她可以看到一列覆著琉璃瓦的圍牆，那是一幢中國式的別墅，可能就是陸德的郊外別墅。

木蘭花的心中陡地升起了一個極大的疑團來：在如今那樣的情形之下，陸德到他的花園別墅來，究竟是為了什麼呢？

木蘭花還記得，當金通銀行的金庫第一次出現充氣橡皮人之際，陸德就是在別墅中，銀行的總經理還說，那別墅是沒有電話的，因為陸德不希望有人去吵他，那麼，一定就是這個別墅了，但是，陸德現在來到這裡，是為了什麼？

木蘭花一面想，一面早已下了車，迅速地向前奔了出去，她奔上一個小山坡，來到了沿著山坡築上去的圍牆腳下。

被那圍牆圍住的地方，足有兩三畝之多，圍牆約有十呎高，下半截六呎是磚砌成的，上半截有四呎高下，是琉璃磚砌成的通花。

所以，木蘭花踮起足尖來，就可以從琉璃磚的通花中，看到裡面的情形，圍牆之內，是一個十分大，佈置得很精美的大花園。

在花園的中心，是一座紅磚綠瓦，中國式的建築物，從那建築物之中，一前一後，各有兩條曲曲折折的走廊，走廊的欄杆上，全攀滿了紫藤，饒有古意，看來就像是一幅十分美麗的中國畫一樣，令人有心曠神怡之感。

花園之中十分靜，一點聲音也沒有，木蘭花看了片刻，攀著琉璃磚，身子一橫，手一鬆，已然輕輕地跳進了花園之中。

木蘭花一進了花園中，立時向前疾奔出了十來步。

她在一座透剔玲瓏的假山下，蹲了下來。

那假山離那條走廊，已只不過十多碼了，木蘭花蹲了下來之後，花園之中，仍然靜得一個人也沒有，只有一對孔雀在搖搖擺擺地走著。

木蘭花並沒有停了多久，又迅速地向前奔去，她不是奔向走廊，而是避開了走廊，跳過了好幾叢種得十分整齊的花，到了那建築物之旁。

她貼著牆，來到了一扇窗前，窗子緊閉著，由於窗上鑲嵌的，全是有著各種各樣圖樣的花玻璃，所以並看不到裡面的情形。

木蘭花側耳聽了一會，聽不到什麼聲響，她翻轉手指，用手指上的戒指，在玻璃上用力地劃著，劃破了一個可供手伸進去的破洞。

然後，她伸進手去，拔開了窗栓，推開了窗，立即翻身跳了進去，將窗關上，還放好了那一小塊被割下來的玻璃片。

那樣，就算有人經過，也不易立即發覺有人進來過了。

木蘭花看到，自己是置身在一個小客廳之中。

那小客廳的陳設，也是古色古香的，寬大的沙發，厚厚的地氈，一旁的古董架上，陳列著不少中國商、周時代的青銅器。

木蘭花在那小客廳中略停了一停，正決定不下是應該推門前去，看一個究竟時，忽然聽得那古董架上，發出了「啪」地一聲響。

木蘭花連忙循聲看去，卻見那古董架正在緩緩地向外移了開來！

木蘭花的反應十分之快，她連忙一個倒翻身，翻到了一張沙發之後。

那張沙發十分大，木蘭花在沙發背後蹲了下來，足可以遮住她的身子，那時，木蘭花已經聽到陸德的聲音傳了進來。

陸德顯然是在對一個人講著話，只聽得他道：「情形還是不好，若是在這幾天中再不能解決的話，那麼一切心血全白費了！」

陸德的話，聽來令人莫名其妙。

因為他講得十分之籠統，聽來好像他是指銀行的危機而言的，但是，他若是要和什麼人商量銀行危機，何必到這裡來？

接著，便是一個聽來十分生硬，令人極不舒服的聲音，道：「那可不行。我們一切全計劃好了，一切要照計劃實行才好。」

木蘭花聽到這裡，心中陡地一動，她雖然還未曾聽出什麼眉目來，可是光是那幾句話，已經證明事情十分之不尋常了。

陸德的話，還可以說是針對銀行危機而說的，但是那人如此講，又是什麼意思呢？他們「計劃好了」的，是一件什麼事呢？

為什麼在陸德的別墅中會有著暗格，如此神秘？

為什麼陸德和那人會晤，要在這裡進行？

一連串的疑問，湧上了木蘭花的心頭。

木蘭花屏住了氣息，一動也不動地蹲在沙發之後，只聽得陸德道：「當然，我們要照計劃進行。」

木蘭花心念電轉間，已然有了決定。

她決定突然站起來，向陸德大聲喝問，他要進行的是什麼計劃，在措手不及的查問之下，陸德說不定會將真相和盤托出的。

可是，也就在木蘭花的身子挺了挺，準備站起來之際，在她的身後，突然傳來了一下呼喝道：「什麼人？站起來！」

隨著那一聲呼喝，木蘭花也聽到了陸德的一聲怒吼。

那一切變化，實在來得太突然了，木蘭花也陡地從沙發之後站了起來，可是當她站起之後，她已發現形勢對她極其不利了。

在她的身後，是兩個槍手，那兩個槍手中所握的是連發的駁殼槍，而和陸德並肩而立的，是一身形高大的中年男子。

木蘭花不知道那兩個槍手是什麼時候在她的背後出現的，那自然因為木蘭花全神貫注，在傾聽著陸德和那中年人的交談之故。

陸德的面色鐵青，他在發出了一聲怒吼之後，向前衝出了一步。

那中年人忙問道：「陸先生，這是什麼人？她是如何會在這裡的？」

木蘭花這時的處境，真是不妙之極了，因為陸德對她一直都懷有敵意，而那兩個槍手手中的槍又對準了她，令她沒有反抗的餘地。

可是，雖然在如此惡劣的情形下，木蘭花聽得中年人那樣問，她還是呆了一呆，迅速地轉著念，她想，那中年人如此問，那麼他自然是不認識自己的了，那麼，這中年人究竟是什麼身分，就十分值得人去想一想了。

因為，如果那中年人是犯罪分子的話，他絕沒有不認識大名鼎鼎的木蘭花之理，就算他是外來的犯罪分子，也應該知道木蘭花的樣子，但是，他卻問陸德，木蘭花是什麼人。

陸德「哼」地一聲，道：「她麼？她是一個最愛管閒事的人，自己以為有通天的本領，但是實際上，她卻自投羅網來了。」

「她是什麼人？」那中年人仍在問，聲音很嚴厲。

陸德對那中年人像是十分忌憚一樣，他忙道：「她叫木蘭花。」

那中年人皺起了眉，點了點頭，道：「木蘭花，我聽過這個名字，她對我們的計劃是不是有妨礙？她來做什麼？」

陸德冷冷地望向木蘭花，陰惻惻的道：「你來做什麼？」

雖然在兩柄槍的指嚇之下，木蘭花的神色還是極其鎮定，她甚至微笑了一下，道：「我來，自然是為了你們的計劃而來的。」

那中年人的目光炯炯，望定了木蘭花。

陸德的神色更加難看，厲聲道：「我們的計劃，關你什麼事？」

木蘭花又笑了起來，道：「陸董事長，別忘記，我在你的銀行中也有著相當數目的存款，我是銀行的存戶，自然對一切針對銀行的陰謀感到關心。」

木蘭花在那樣說的時候，她還是一點根據也沒有的。

但是，陸德的行動，和那中年人的出現，一切都是那麼地鬼祟，那樣地神秘，可以說是充滿了犯罪的意味，那絕逃不過木蘭花的眼睛。

雖然陸德是銀行的董事長，他要弄垮自己的銀行，那簡直是不可想像的，但是犯罪的氣氛如此之濃，木蘭花也不得不作那樣的假設。

所以，她才在突然之間那樣講的，而她的那句話，也立即收到了效果。

只見陸德突然之間，連退了幾步，倒像是木蘭花不是向他說了一句話，而是對著他重重地擊出了一拳，使他難以抵受一樣。

木蘭花一看這種情形，心中大是高興。

也就在那時，那中年人道：「陸董事長，她全都知道了，你曾說過，計劃的一切，都十分秘密，絕不會有外人知道的。」

陸德忙搖著手，道：「不，她不知道，她其實什麼也不知道。」

那中年人望向陸德，他的面色十分陰沉，道：「如果她不知道，她怎會那麼說？我聽得人說起過，木蘭花是一個了不起的女子——」

他講到這裡，略頓了一頓，然後又向木蘭花望來，道：「但是，我卻想不到她那樣年輕，而且……那樣的美麗動人！」

木蘭花的一生之中，也不知聽到過多少人稱讚她「美麗動人」了，可是在如今這樣的情形下，那中年人忽然如此說，她不禁啼笑皆非。

那中年人又道：「木蘭花小姐，你該知道，我們在進行的，是一件大事。」

木蘭花在迅速地轉著念，如何可以改善自己的處境，她自然早已知道，時間的拖延，對她來說總是一件有利的事情。

是以，木蘭花一聽得那中年人如此說，立即道：「當然，這是一件大事，不但影響到本市，也可能影響到全世界。」

「你很聰明，木蘭花小姐。」那中年人繼續說著：「現在你已知道了這個秘密，你想想，你會有什麼結果？那自然是十分可怕的。」

木蘭花笑了起來，道：「先生，我想你說錯了，感到有可怕結果的是你們，因為你們兩人的秘密已經完全洩露了，看這個——」

木蘭花略翻了翻手，將她手指上的一枚戒指，向那中年人揚了揚，道：「這是傳音器，已將我們的談話，全傳到警方高級人員的耳中去了。」

木蘭花只當自己那樣一說，陸德和那中年人一定要大驚失色的了，卻不料那中年人神色不變，陸德也未見吃驚。

那中年人只是淡然道：「那也阻止不了我們的計劃。」

木蘭花突然一呆，又道：「警方人員快包圍這裡了。」

那中年人笑了起來，道：「木蘭花小姐，看來你雖然聰明，但是還不夠，你大概不知道這裡是什麼所在，對不對？」

8 一見鍾情

木蘭花一怔，這個問題，的確是她未曾想到過的，她跟著陸德來到這裡，便一直以為那是陸德的郊外別墅了，何以那中年人又如此問？

木蘭花知道自己一定又犯了一個錯誤了。

在知道自己犯了一個錯誤之後，最好的辦法便是別再出聲，所以木蘭花只是聳了聳肩，沒有再說什麼。

那中年人笑了起來，他向木蘭花伸出手來，道：「或許我該介紹我自己——」

木蘭花一見他想和自己握手，心中不禁大是高興，因為若是能和那中年人握手的話，她一定可以輕而易舉制住那中年人的。

木蘭花雖然還不知道那中年人的身分，但是也隱隱感到，那是一個十分重要的人物，他的地位可能還在陸德之上，所以，木蘭花也忙伸出手去。

當她一握住中年人的手之際，木蘭花的手臂突然一縮，身子向後跌倒，拉得那中年人向前一衝，木蘭花雙腳疾蹬了出去。

木蘭花的雙足蹬出，她手並沒有放鬆，她是要蹬中那中年人的胸口，便可以將那中年人的手臂再扭過來，將他制住了。

木蘭花的動作十分靈敏，而且，她計算得十分之準確。照她的估計，在她突然展開攻擊的時候，那兩個槍手是絕不敢射擊的，因為那時，她和那中年人的身形摟在一起，根本分不清誰是誰。

而且，木蘭花也已預算到，萬一那兩個槍手之中有一個冒冒失失地開槍的話，那中年人的身子遮在她的前面，也就是說，遭殃的是那中年人，而不是她。

木蘭花一切全料到了，可是，她卻未曾料到那中年人會反抗，那中年人非但反抗，而且，他的身手也是極之矯捷。

就在木蘭花將他的身子直拋了過去，將他的手臂反提到身後之際，那中年人突然一挺身，跳了起來，右足反向後踼來。

木蘭花猝不及防，被他一腳踼中了腰際，身子不禁側了一側，而就在那一側間，那中年人左臂一縮，手肘已向木蘭花的胸口撞來。

木蘭花究竟是一等一的高手，她雖然一上來疏忽了那中年人反抗的可能性，但是此際，一看到那中年人的兩個動作，她立即知道對方是技擊的高手。

木蘭花要避開那一肘的撞擊，她的身子就必須向右閃去，而如果她的身子向右閃，那麼她就不能再將那中年人的手臂反扭在身後。

在那樣的情形下，那中年人可能反客為主，用力將木蘭花反拉到他的身前去，所以，在那一瞬間，木蘭花當機立斷，她立時一鬆手，鬆開了那中年人的手腕。

果然，那中年人就在那瞬間，右臂突然一揮，他右臂一揮，自然是想將木蘭花揮到他的身前去，但是木蘭花卻早已鬆開了手！

所以，那中年人用力一揮，用的力道太大，他的身影不免一個踉蹌，轉了過來，木蘭花一拳擊出，正擊在他的下頷之上。

那中年人捱了這一拳，發出了一聲怪叫，身子向後躍了開去，木蘭花也在那時站直了身子。

她不能再做什麼別的事，因為那兩個槍手已吆喝著，拉開了槍上的保險掣，殺氣騰騰地對準了木蘭花，木蘭花如果再有動作，就要變成槍靶子了。

剛才發生的一切，實在發生得太倉卒了，是以陸德眼花撩亂，根本不知道剛才的打鬥經過情形是怎樣的，直到此際，他才定了定神，說道：「快射擊，快。」

可是，那兩個槍手卻顯然不是聽命於陸德的，因為陸德在高叫射擊，那兩個槍手卻無動於衷，只是望著那中年人。

那中年人的下頷剛給木蘭花打了一拳，那一拳的力道十分沉重，是以他移動著上下顎，足有半分鐘之久說不出話來。

等到他再開口時，木蘭花以為他一定要大怒而特怒了，卻不料那中年人並不發怒，反倒笑了起來，道：「木蘭花小姐，這一拳不輕啊！」

木蘭花也笑著道：「算是輕的了。」

中年人道：「常聽得人家說女黑俠木蘭花的技擊了得，果然不錯，但是你這一下偷襲，也未能將我制住，對不對？」

「對的。」木蘭花說：「但是，你一定也知道，如果不是這兩名槍手突然吆喝用槍指著我，那麼，我趁機攻擊，你就難保了。」

那中年人又笑了起來，他道：「說得對，有槍手在，是不能切磋技擊的，木蘭花小姐，我提議我們純用技擊來比試一下。」

木蘭花已看出對方是一個對技擊有著極高造詣的高手，從他已表現的幾個動作來看，他對中國武術和日本武術一定都有極深刻的研究。

像他那樣的人，平時一定罕遇敵手，現在發現有了對手，他自然要邀自己比試一下的，那也不足為奇，而且，他提議不要槍手，那也是對自己極有利的事。

所以木蘭花立時道：「你的意思是不用任何兵刃？」

「什麼都不用，只用手腳。」那中年人興致勃勃，揮著手，對那兩個槍手道：「你們退開去，絕對不准用武器傷害木蘭花小姐，聽到了沒有？」

那兩個槍手立時答應著，退到了大廳的一角。

而在那時，陸德的神情十分激動，他大聲道：「這是什麼意思？她已知道了我們的秘密，應該將她立即解決掉才是！」

陸德聲勢洶洶地指著木蘭花，額上青筋暴現。

那中年人卻道：「陸先生，我難得遇到對手，而且，木蘭花小姐一直是我仰慕的人，讓我和她比試一下，對我們的計劃是沒有妨礙的。」

陸德大踏步來到了一張桌子旁，他重重一掌擊在桌上，大聲道：「我反對，將軍，我堅持一定要立即殺她滅口。」

平時一派紳士作風的陸德，這時的神情，忽然之間變得如此之凶惡，這頗出木蘭花的意料之外。

但是，當木蘭花聽得陸德竟稱呼那中年人為「將軍」時，她的驚訝也到了頂點，她立時向那中年人望去，道：「將軍？」

那中年人笑著，他微微一彎腰，道：「剛才我正要自我介紹，但你卻不容我開口，我是杜將軍，你至少應該聽到過我的名字！」

木蘭花吸了一口氣，剎那之間，她的心中亂到了極點，但是，她的心中儘管亂得可以，有許多疑團也漸漸明白了。

杜將軍到本市來，並不是秘密，杜將軍是某國的要人，地位十分高，他以私人身分來到本市，還曾受到盛大的歡迎。

杜將軍為什麼要到本市來，當時新聞界也曾有過不同的揣測，但後來，一項消息傳出，說杜將軍是來就醫的，以後也沒有人再提起了。

只怕誰也想不到，杜將軍的來到，會和金通銀行的風波有著聯繫。現在，事情已漸漸明白了，杜將軍和陸德聯手，要使金通銀行垮臺。

金通銀行一垮臺，必然引起金融的大混亂，在那極度的混亂中，私人的投機者眼光再好，想要混水摸魚，也不是易事，只怕弄得不好，還會一跤跌下去，爬不起來。

但是，杜將軍卻不同了，他有一個國家做後盾，足可以在製造了混亂之後，翻手為雲，覆手為雨，來攫取巨大的利益。

而陸德之所以和杜將軍合作，自然也有他的原因，木蘭花猜測，他可能是有了巨額的虧空，逼得他非如此做不可。

木蘭花更進一步地解開了一個最大的疑團，那就是為什麼銀行三巨頭會一致說昨晚午夜，沒有人離開過銀行會議室。

那是他們三個人在說謊。

木蘭花本來認為，他們三人為了洗脫本身的嫌疑，一定不會包庇那個主謀者的，那是因為木蘭花認定了主謀者是三個之中的一個人。

木蘭花那樣的料斷是錯誤的，現在她已知道了，董事長、副董事長和副總經理三個人，早已取得了協議，共同出賣銀行。

在四巨頭之中，只有總經理一人是清白的，在總經理的職位上，當然比較容易覺察這種情形，所以總經理才想向木蘭花說明白，只可惜，總經理什麼也沒有說出來，就遭了毒手。

木蘭花腦筋轉得十分快，在聽到了杜將軍的身分之後，不到一分鐘之間，她已想通了許多事，她立即向陸德冷笑了一聲，道：「董事長，你真有本事！」

陸德自然也可以知道木蘭花那樣說的意思，他的面色有些蒼白，但是他立即道：「不算什麼，木蘭花，你已沒有能力來阻止這一切了，你闖進了這裡來，這裡是領事館的別業，是受外交條例保護的，你已經死路一條，我們的計劃必然能夠順利進行。」

木蘭花一字一頓道：「別做夢，我會盡一切力量來制止你的，陸德，你完了，你在社會上的一切，已經全完蛋了。」

剎那之間，陸德臉上的神情，像是聆聽了死刑判決的死人一樣，因為他知道，木蘭花的話，決計不是什麼虛言恫嚇。如果他勾結杜將軍，使自己的銀行垮臺，從而製造混亂，從中取利的事情被揭發，他自然會受到法律嚴厲的制裁。

那麼，他一切全完了。

所以，他額上的青筋在剎那之間一起現了出來，他的聲音有點啞，他叫道：「杜將軍，你再不下令殺她，會後悔莫及的。」

杜將軍皺了皺眉，像是對陸德的話感到十分不耐煩，他道：「讓我來決定，好不好？陸先生，我們的計劃中，我是首領。」

陸德的面色難看之極，他在沙發上坐了下來，身子在微微發抖。

杜將軍則轉問木蘭花，道：「我的身分並不影響我們間的比試，對不對？」

木蘭花微笑著道：「自然。」

杜將軍又道：「有幾件事，我非在事先講明白不可，木蘭花小姐，為了我們的計劃，不論你是勝是負，你都不能離去。」

木蘭花一笑，道：「如果我勝了，你如何控制局面？」

杜將軍略呆了一呆，他又笑了起來，道：「木蘭花小姐，我有一句話，那實在是很唐突的，但是我卻又非說出來不可，木蘭花小姐別見怪。」

木蘭花淡然一笑，道：「請說。」

當杜將軍那樣講的時候，木蘭花也曾想過，他要對自己講的是什麼呢？但木蘭花自然沒有本領猜中人家心中要講的是什麼。

她望著杜將軍，只見杜將軍深深吸了一口氣，道：「木蘭花小姐，你相信一見鍾情麼？」

木蘭花陡地吃了一驚。不論她怎麼想，也決計想不到杜將軍會講出那樣一句話來，木蘭花立即道：「杜將軍，我不明白你這樣問，是什麼意思。」

杜將軍向前走出一步，道：「我今年四十一歲。我掌握著一個國家的命運，我是一個極有地位的人，木蘭花小姐，你認為我配得起你麼？」

木蘭花雖然善於應付各種各樣的局面，可是如今這種局面，出現得實在太突然了，突然的使人根本沒有法子對付。

木蘭花感到尷尬之極，她忙道：「你在開玩笑吧？杜將軍！」

但是杜將軍的神色卻十分嚴肅，他道：「或許我的年紀比你大得多，但是我從來也未曾愛過任何女子，直到我見到了你。」

木蘭花此際已經漸漸地定下神來了，她對杜將軍所說的話的真實性，一點也不懷疑，因為杜將軍一見到她，就忍不住稱讚她美麗動人，當時木蘭花就曾感到十分錯愕。

從這一點看來，這位叱吒風雲的將軍的確是對木蘭花一見鍾情的了，然而在木蘭花而言，那卻是世上最荒謬的事了。

木蘭花知道這件事非立時說清楚不可的，是以她也正色道：「杜將軍，謝謝你對我的讚美，可是，那是絕無可能的事。」

「為什麼不可能？那已發生了！」杜將軍說。

「只是發生在你一個人的身上。將軍。」木蘭花冷冷地道：「在我看來，你是一個野心家，一個犯罪分子，你勾結了本市銀行界的一個敗類來製造金融混亂，製造謀殺，來使全市的市民都蒙受直接和間接的損失，你是我要剷除的對象。」

木蘭花每說一句，杜將軍的面色就變得蒼白一分，等到木蘭花一口氣將話講完，杜將軍的面色已變得十分之難看。

剛才，可能是他一生之中第一次對一個女子表達愛意，然而，他第一次對一個女子表示愛意，就碰了一個釘子，而且還碰得如此之沒有餘地，那實在是對他的自尊心大受打擊。

他瞪視著木蘭花，木蘭花明知自己在講了這一番話之後，自己的處境更加危險了，但是她仍然勇敢地挺身站立著。

杜將軍在呆了半晌之後，他才道：「木蘭花小姐，我想，你不必那樣堅決，我們可以這樣，藉比試來表示誰該服從誰，好不好？」

「不好！」木蘭花斷然拒絕，「太荒唐了。」

但是杜將軍卻絕不理會木蘭花的抗議。他繼續道：「我們的比試，如果你勝了，我立即讓你離去，如果我勝了，你就是我的妻子。」

「我不答應！」木蘭花大聲說著。

「你必須答應。」杜將軍的聲音堅決得像鐵一樣，「如果你比試輸了，你就是我的妻子，因為那時你已沒有反抗的餘地。」

木蘭花的身上不禁起了一陣寒意，她明白杜將軍的意思，如果她輸了，杜將軍就不會理會自己是不是願意。

木蘭花深吸了一口氣，杜將軍已向著她大踏步走了過來。

木蘭花身子凝立不動，雖然她的心中有著好笑的感覺，但是她卻一點也笑不出來，因為她知道杜將軍是說一是一的人，那絕不是在開玩笑，而是真正決定她命運的事。

陸德仍然坐在沙發上，他一面在喘著氣，一面在道：「兒戲，兒戲，我後悔與你那樣兒戲的人合作，我真後悔莫及了。」

杜將軍根本不去睬他，當他來到了木蘭花只有兩三呎之遠，他發出了一下驚心動魄的呼叫聲，一掌向木蘭花砍了出去！

當他走過來之際，木蘭花全身的每一個細胞都已在準備應變了，她立時身子一矮，五指如鉤，又向杜將軍的腹際抓去。

杜將軍倏地吸了一口氣，右膝已抬了起來，木蘭花的身子一彈，整個人向後彈了開去，杜將軍呼呼兩掌連環攻到，擊向木蘭花的頭部。

木蘭花的身形十分靈活，她的攻勢不如杜將軍凌厲，但是她卻有本事在看來幾乎不可能的情形之下，避開杜將軍的攻擊。

杜將軍的那兩掌呼呼攻了過來，木蘭花的身子突然向後一仰，避了開去，杜將軍手掌突然向下壓了下來，他手掌向下壓來之際，是雙掌在一起的，那是力道十分巨大的一擊，如果被擊中了，只怕木蘭花要立時倒地不起，身受重傷。

木蘭花的身子已向後仰去，其勢不能再用別的方法躲避，她立時趁勢向後倒去，在地上滾了一滾，避開了杜將軍的那一擊。

木蘭花雖然避開了那一擊，但是她心中卻在暗暗吃驚，因為自從她和杜將軍開始動手以來，她根本連還手的機會也沒有。

杜將軍的攻擊來得如此之快，一招接著一招，而且，他使用各種方法在進攻。有時是中國的技擊，有時是日本的空手道，甚至還夾雜著泰國拳的招數，那令得木蘭花實在忙於應付，而木蘭花卻知道一點，那便是如果她沒有機會進攻，她將永不會獲勝。

木蘭花滾開之後，迅速滾向一張桌子。就在木蘭花滾開去之際，杜將軍已矯捷得如同一頭黑豹一樣突然跳過來，一下極其淩厲的「手刀」，自上擊下。

木蘭花早已料到，即使自己在地上滾動，杜將軍一定也不肯放過攻擊自己的機會，是以她一見杜將軍揚手，便突然滾進了桌子之下。

她才一躲進桌子，便聽得「砰」地一聲響，杜將軍的那一下「手刀」砍在桌上，木蘭花不但可以清楚地聽到木頭裂開的聲音，她也可以看到桌面之上出現了裂紋。

木蘭花的身子立時自桌子的另一邊，迅速無比地穿了出來。

她一穿到了桌子的另一邊，手在桌上一按，人已躍上了桌子，而在一躍上了桌子之後，她身形再躍起，接連兩腳踢向杜將軍的頭部。

在徒手搏擊之中，木蘭花那樣的攻擊。可以說是極其淩厲的了，就在她出手同時，杜將軍手往桌子一推，將桌子推得突然向前滑了出去，那一下變化，又是木蘭花未曾料到的。

桌子向後滑了開去，由於慣性的緣故，木蘭花的身子突然向前衝了下來，而杜將軍的身子，也在此際打橫地飛了起來。

杜將軍身子打橫飛起，雙腳一起踢向木蘭花。

那一下「雙飛腿」，本來是自由式摔角中十分厲害的一招，雙足一踢之下，三四百磅重的大漢也可以被踢出好幾呎開外。

而那時，木蘭花正從桌上跌下來，雖然，杜將軍雙手用力推開桌子，令木蘭花從桌上跌下來，說來十分取巧，但是木蘭花首先躍上桌子攻擊對方，卻也是一樣的。

在那電光石火的一瞬間，杜將軍不由自主發出了一下歡呼聲，他發出那一下歡呼聲來，自然以為自己是已經贏定了！

因為木蘭花既然是從桌上站立不穩跌下來的，自然不可能在那瞬間避開他的那一式「雙飛腿」。那麼，一被踢中，就算不昏過去，也必然可以將之制服的了。

但是，在不到十分之一秒的時間中，事情已起了變化，杜將軍料錯了，杜將軍以為木蘭花是真的從桌子上跌了下來，但事實上，木蘭花都是假裝的，她並不是跌下來，而是有準備地向下跳。

本來，桌子向後移，木蘭花是非向下跌不可的，杜將軍也正因為那樣想，是以才以為他自己已然勝利在望，而發出歡呼聲來的。

然而，杜將軍卻忽略了一點，杜將軍所忽略的是，木蘭花在一躍上桌子之後，是舉足向他的頭部踢來的。

一個人在舉足踢向前之際，身子必然向後斜，所以，木蘭花當時的情形，是身子向後斜著的，桌子突然後移，慣性的力量，恰好使她的身子站直，而不是向前傾。

木蘭花的反應極快，在電光石火的一瞬間，她已經想到，自己若是跌下桌子去，杜將軍一定以為自己是失足跌下去的，他就會趁機進攻，那是引誘對方傾全力進攻的最好機會，所以，木蘭花的身子立時向下傾跌下去。

果然，木蘭花的傾跌，引得杜將軍使出了一式勢子十分之凌厲的「雙飛腿」。

而就在杜將軍的身子打橫飛了起來之際，木蘭花的身子在半空之中，已經突然轉了一個身，向一旁避了開去。

只有是有準備跌下來的，才能在剎那間，在半空之中突然轉身。

在半空中轉身，其實並不困難，花式跳水的表演者在跳水的時候，可以轉好幾個身。

木蘭花身子一轉，杜將軍的雙足就在她身邊幾吋的地方擦了過去，杜將軍的那一下「雙飛腿」，沒有踢中木蘭花，落空了。

「雙飛腿」在發出之際，力道是集中在雙腿的，一定要雙腿踢中東西，力道反彈回來，遍及全身，才能再催動肌肉，使得身子彈起，落在地上，但如果一式「雙飛腿」使空的話，所有的力道都沒有了著落，人會向前直飛過去，十分容易受傷。

杜將軍此際的情形，就是那樣！杜將軍踢不中木蘭花，身子向前直飛了出去。如果他就那樣跌在地上，那麼以他的身手而論，或者還可以受傷較輕，但是他的身子在不受控制的情形下向下落來之際，右腿卻撞在桌子的邊上。

人體中，鎖骨、肋骨和小腿骨是最脆弱，最容易斷折的，木蘭花一落地，就聽到了「啪」地一下清脆的骨頭斷折之聲，杜將軍的人從桌面上翻跌下來，他右腿斷了。

他的右腿雖然斷了，但是他還是立即用左腿支著，扶著桌子站了起來，他額上汗珠涔涔而下，可是他卻忍著痛，一聲不哼。

木蘭花吁了一口氣，她用很平靜的聲音，道：「杜將軍，你對我估計錯誤了。」

木蘭花這句話是雙關的，可以說她是指打鬥時的估計錯誤而言，但是也可以說是木蘭花在提醒杜將軍，他的整個想法都錯了。

杜將軍苦笑了一下，道：「很好，我自從十二歲練習徒手搏擊以來，你還是第一個勝過我的人，我講的話，自然是算數的。」

木蘭花聽得杜將軍那樣講，她倒不感到意外，因為杜將軍是一個舉世皆知的著名軍人，他自然不至於講話不算數，所以，她聽得杜將軍那樣講，第一件事，便是轉過頭去，想看看陸德的反應。

只見陸德整個人從沙發上直跳了起來，他嚷叫道：「那怎麼可以？那怎麼行！」

杜將軍的神情十分嚴肅，道：「我輸了，陸先生。」

陸德冒著汗道：「可是我們的計劃呢？」

杜將軍皺起了眉，道：「我想，在木蘭花小姐離去之後，我們的計劃既然不能實現，那自然只好取消，再另找尋可以取利的機會。」

陸德指著杜將軍，道：「你……你……你竟出賣了我，你要在木蘭花面前守信用，但是你怎可以棄我不顧，怎可以出賣我？」

杜將軍仍然按桌而立，他目光炯炯望定了陸德，道：「陸先生，你為什麼會和我合作，自然是你在南美的投資遭到了損失。」

陸德張大了口，一聲不出。

杜將軍又道：「陸先生，你已將銀行股票出售得差不多了，你知道在下一次股東會議中，你一定會從董事長的寶座上滾下來的了。」

陸德抹著汗道：「可是如果我們的計劃——」

杜將軍立時打斷了他的話，道：「計劃已取消了，別再在我的面前提起計劃來，但是對於你，我可以作出有利的安排。」

「安排什麼？」陸德立時問。

杜將軍道：「我可以以私人的名義，借給你一筆巨款，讓你去購買銀行的股票，來鞏固你的地位，和你的兩個屬員的地位。」

陸德鬆了口氣道：「那還不錯，那還不錯。」

木蘭花也知道，如果那樣的話，那麼陸德一定不會再破壞銀行的信譽，他反而要致力於維持銀行的信用，而以金通銀行的歷史而論，如果不是有像陸德那樣的人，從內部的最高層去破壞，那麼，是不會發生垮臺的危機的。

金通銀行的垮臺與否，直接影響數百萬市民的損失，所以木蘭花的心中，也不得不認為杜將軍提出來的辦法，是一個十分好的辦法。

可是，木蘭花卻冷冷地道：「陸先生，你忘了，你還有一項十分嚴重的罪名，主使謀殺，銀行的總經理，是因你收買凶手而死的。」

陸德額上的汗又多了起來。

但杜將軍立時道：「木蘭花小姐，可是你沒有證據，對不對？如果你控告陸先生，只有引起銀行的危機。」

木蘭花盯著陸德，望了他好一會兒，才冷笑一聲，轉身向外走去。

的確，她是沒有證據可以使陸德被判入獄的。

在她向外走去之際，那兩名槍手向前跨出了一步，然而杜將軍大聲喝阻了他們，木蘭花也只是略停了一停，便走出那小客廳，來到了花園中。

她急急地走出花園，當她來到了外面的時候，她像是做了一場惡夢一樣，一切的變化全是出人意外的，而且木蘭花也感到很幸運。

她解決過不少疑難的事，全是憑她的智慧，但是這次，卻是她打贏了杜將軍，而使得一切全解決了的。

自然，也絕不能否認木蘭花的智力過人，因為若不是她在極短的時間內決定了假裝跌下去的話，她也是勝不了杜將軍的。

木蘭花深吸了一口氣，來到了她的汽車旁。

銀行的危機成為過去了，沒幾天，就沒有什麼人再談論這件事了，只有木蘭花、高翔和安妮三人聚在一起時還談起。

安妮道：「真是便宜了陸德這老頭子！」

高翔笑道：「但是他也不敢再亂來了，至少，他再也不敢登那樣的廣告了……蘭花，你認為銀行金庫是不是真的絕對安全？」

木蘭花笑道：「世上沒有絕對的事情的。」

高翔站了起來，伸了一個懶腰。

外面，天十分熱，高翔在考慮如何開口，請木蘭花一起去游泳，這樣的天氣，沉浸在綠波之中，自然是最舒服的了。

龍宮寶貝

1 幸運之石

穆秀珍蜜月歸來了！

對安妮來說，那實在是一件最大的喜事。

她是在夜半時分接到穆秀珍的無線電話，穆秀珍在電話中告訴她，明天上午八時，「兄弟姐妹號」就可以停泊在本市的第二號遊艇碼頭了。

安妮興奮得下半夜根本沒有闔上眼過，如果不是木蘭花的阻攔，說不定她立即就到碼頭上去等著，或者，也駕著遊艇出海去迎接「兄弟姐妹號」。

天一亮，安妮就不斷催促著木蘭花快點到碼頭去，木蘭花自然也想和闊別了將近一個月的穆秀珍快一點兒見面，但是她卻不會像安妮那麼急。

所以，當木蘭花給安妮催得不耐煩時，她只好道：「安妮，你別催我，還是和五風通一個電話，叫他來和我們一起去。」

安妮搖著頭。道：「不好，他一來一去，反倒耽擱了時間，蘭花姐，你快一點兒行不行，他們快到了！」

木蘭花嘆了一聲，道：「我們走吧！」

安妮控制著枴杖，滑過了花園上的石子路，朝陽映在她的熱臉上，安妮一直不是十分健康的，她的雙頰也一直很蒼白，可是這時，因為太興奮的緣故，她的臉上居然十分紅潤。

木蘭花跟在她的後面，她們一起上了車，安妮還不斷勸木蘭花將車開得快些。到了碼頭，木蘭花看了看碼頭附近建築物的大鐘，才七點零五分。

她們實在來得太早了，但是木蘭花看到安妮拄著枴杖，翹首望著海面，那種急切盼望穆秀珍歸來的神情，她也不忍心責備她，只是來到她的身邊，默默地等候著。

那天的的天氣十分晴朗，蔚藍的天和浩瀚的海幾乎融為一體，極目望去，根本難以分得出海和天的界限，究竟是在何處。

由於天氣好，所以離開碼頭的遊艇相當多，木蘭花和安妮站在碼頭上，對她們注意的人，自然也不少。

一直等到七點四十分，雲五風才來到。

安妮已經開始控制枴杖打圈兒了，因為「兄弟姐妹號」還未曾到。

七點五十分，木蘭花微笑道：「他們來了！」

木蘭花手向前指著，安妮和雲五風兩人也都看到了，白色的「兄弟姐妹號」在陽光之下，發出耀目的光芒，正鼓浪而來。

穆秀珍顯然也心急要和木蘭花、安妮見面，是以「兄弟姐妹號」的速度十分快，才一出現時，只不過是一個小白點，但是轉眼之間，它已駛近了！

安妮開始叫了起來。她拍著手叫著。

她只顧拍手，身子搖晃著，幾乎跌倒，雲五風忙過去扶住了她。

安妮轉過頭來，她的雙眼是濕潤的，她道：「你看，他們回來了！」

等到「兄弟姐妹號」駛得更近時，他們已可以看到站在甲板上向他們揮手的穆秀珍了！安妮更高興得落下淚來。

「兄弟姐妹號」在駛近碼頭之際，速度減慢，當船舷和碼頭還有四五尺距離之際，穆秀珍已然大叫著，自船上一躍而下。

穆秀珍穿著白色的長褲、白色的運動衣，又用一根白色的綢帶紮著長髮，一身全白的打扮，更顯得她手姿非凡，充滿了活力。

她變得黝黑了許多，但是容光煥發，那證明她的蜜月生活極其愉快，她結婚之後，幾件不幸的事並未在她的心頭留下陰影！

穆秀珍上了岸，緊緊地抱著安妮，令得安妮幾乎喘不過氣來，她又擁抱著木蘭花，木蘭花仔細地望著她，她們兩姐妹自小便在一起，很少分開那麼久，這時，兩人的眼角也都有些濕潤。

等到「兄弟姐妹號」泊了岸，高翔也趕到了。

雲四風上了岸，和每一個人都熱烈的握著手。

雲四風也變得黝黑了，那自然是由於將近兩個月的海上生活的結果，但是他的精神卻十分之好。

及時趕到的雲氏機構職員和工人，這時也擠滿了碼頭，穆秀珍指揮著幾個工人，大包小包，大箱小箱，自「兄弟姐妹號」中搬出許多行李來。

然後，他們上了汽車。

雲四風、雲五風、高翔、木蘭花、穆秀珍和安妮六個人，擠在一輛車中，他們不斷地搶著講話。

自然，在那樣的場合之下，講話最多的一定是穆秀珍。

車廂雖然小，但是穆秀珍在講話的時候，一樣揮舞著雙手，以致在她身邊的安妮和雲四風都要側過身子來避開她。

穆秀珍大聲道：「四風，你還記得我們帶給蘭花姐的禮物麼？我們根本不知道那是什麼，那是一件怪物！」

木蘭花聽得笑了起來，穆秀珍已結了婚，可是她講起話來還是不脫稚氣。

木蘭花笑著道：「你不知那是什麼，為什麼買它？」

「不是買的！」穆秀珍揮著手，「那也是人家送給我的。當我們到地中海的時候，有一艘漁船遇了險，機房發生爆炸，在海中飄流，是我們將這艘船拖到最近的港口去修理，那船長是義大利人，他將那東西送給我們，當作紀念品。」

「那究竟是什麼啊？」安妮好奇地問。

「我也說不上來，」穆秀珍道：「也許蘭花姐一看就知道了，現在那東西也不知給我塞到什麼地方去了，照那船長說，曾經有人出極高的價錢向他買那個東西，他都不肯轉讓，那是他父親傳給他的，可是連他自己也不知那是什麼！」

車中幾人都笑了起來，連送出這件東西的船長也不知道那是什麼，那實在太可笑了。

安妮又問道：「秀珍姐，你送什麼給我？」

「一共八十四個洋娃娃，」穆秀珍道：「是從我們經過的每一個地方買來的，每一個洋娃娃都有它自己的風格。」

安妮高興地拍起手來，車子之中的那種歡樂氣氛，是難以形容的。到了穆秀珍的住所以後，僕人早已迎了出來，行李車也駛到。

木蘭花他們知道雲四風和穆秀珍兩人才從外地回來，家中的一切都需要時間來整理，他們坐了一會兒就告辭了。

但當晚，他們又聚在一起，互相講著別後的事情。

第二天中午時分。穆秀珍就駕車來了，在她的車後，放滿了大包小包的紙盒，她一停車就大叫道：「安妮，你的洋娃娃來了！」

安妮衝了出來，拉開鐵門，穆秀珍的車子駛了進來，安妮和穆秀珍兩人足足忙了大半小時，才將那八十四個洋娃娃一起取了出來，排列在所有可以放洋娃娃的地方，木蘭花從市區回來時，正好看到滿客廳都是大大小小的洋娃娃！

木蘭花笑著道：「好啊，可以開玩具店了！」

安妮抓住了穆秀珍的手，用力搖著道：「秀珍姐，謝謝你，我太喜歡了！」

木蘭花笑道：「給我的禮物呢？」

穆秀珍拿起了一隻紙盒來，道：「在這裡！」

木蘭花接了過來，拆開了紙盒，裡面用油紙包著好幾層，解開了油紙，木蘭花也不禁呆了一呆。在她手中的，是一塊黑漆漆的東西。

那東西看來，像是一塊磚頭，上面有許多腐蝕的小孔，那些小孔雖然經過清理，但還是可以看到有一些貝殼附著在上面。

從這一點來判斷，那東西是從海中來的。它的質地好像是石頭，但是卻十分之黑，在它光滑的一面上，又像是有一些文字雋刻著，但也已難辨認得清楚了。

穆秀珍和安妮都望著木蘭花。

木蘭花皺著眉，將那東西翻來覆去，看了好一會兒，穆秀珍忍不住問道：「蘭花姐，你看那東西究竟是什麼玩意兒？」

「我也說不上來，」木蘭花回答，「這好像是從海中撈起來的，可能是一件什麼古物，我以前未曾見過類似這樣的東西。」

「是從海中撈起來的，」穆秀珍道：「那船長說，是他的父親一次在干地亞島附近捕魚時撈到的，自從有了它之後，就一直有好運，所以叫它幸運之石！」

木蘭花微笑道：「義大利人也那樣迷信，這東西很古拙，拿來做擺設，倒也別有風味！」

木蘭花說著，順手將之放在鋼琴上。

安妮伸手將那東西取了過來，把玩了一會兒，突然道：「秀珍姐，你說曾有人出高價向那船長買這東西，那是什麼人，他出多少價錢？」

穆秀珍呆了一呆，道：「我沒有問，那人好像是一個古董商，據船長說，他出的價錢非常高，大約可以造一艘新的漁船。」

「蘭花姐，」安妮忙道：「那古董商肯出那樣的價錢去買這東西，由此可以證明，他一定知道那東西究竟是什麼寶物！」

木蘭花蹙著眉道：「你的分析很有理，安妮，如果我們要窮究那是什麼的話，那麼，必須從那個古董商來著手。」

安妮揚著手，道：「蘭花姐，你說『如果』，那是什麼意思？難道你不打算將這件東西的來龍去脈弄個清楚麼？」

「你說對了，安妮。」木蘭花微笑著，「近半個月來，你的學業剛上了軌道，我不想因為一些別的事來打亂你的學業！」

「嗯，蘭花姐，」安妮委屈地叫了起來，「去研究一件來歷不明的東西。正是增加知識的最好途徑。」

木蘭花仍然微笑著，她那種堅定的微笑，表示她絕不會給安妮說服，她道：「你說得對，但是你需要的，是有系統的知識！」

安妮嘆了一聲，將那東西放到了鋼琴之上。

木蘭花又道：「安妮，你別以為有系統的教育枯燥乏味，不論你將來準備做什麼，甚至是歌手，或者是魔術師，受過系統教育的，和沒有受過系統教育的，成就便大不相同。你將來有志成為女警官，更非得全面廣泛地接受有系統的教育不可！」

安妮還想再嘆一聲，可是她看到木蘭花的神情十分嚴肅，是以未敢嘆出聲來，她只是道：「今天，我可以休息半天嗎？」

木蘭花笑了起來，道：「當然可以。」

整個下午，她們三人幾乎什麼事也不做，只是講著話，像以前一樣，她們有講不完的話，一直到黃昏，穆秀珍才回去。

重逢的歡樂，已漸趨平淡了，她們的生活又漸漸地恢復正常。

在穆秀珍回來之後的第七天，木蘭花打開早報，看到了一則廣告。

那則廣告十分異特，可以說已吸引每一個看報的人注意。

那廣告全文如下：

黃基古玩店啓事：

茲受不願透露姓名的顧客委託，搜購一件古物，此古物大小如磚，由於長期在海水中浸蝕，有小孔而呈黑色，上有文字雋刻，難以辨認，此古物最早為一義大利漁人在地中海東部干地亞島附近發現，近聞已流落本市。願意出讓者，請電本店接洽詳情，此啓。

木蘭花將那段廣告看了兩遍，然後再去看鋼琴上那個黑漆漆的東西，她幾乎可以肯定，黃基古玩店所要尋找的古物，就是那東西了。

木蘭花自然也知道，黃基古玩店是本市規模最大的古玩店，有人肯通過這樣大規模的古玩店來搜尋這東西，那麼這東西一定是十分有來歷的了。

木蘭花大聲叫著安妮，當安妮從廚房中出來時，木蘭花將報紙遞了給她，還指了指那段廣告。

安妮接過報紙來，她一看完那段廣告，立時抬起頭來，眼睛之中閃耀著興奮的光芒，道：「蘭花姐，他們要找的，就是秀珍姐帶回來的那東西！」

「是的，你不妨打一個電話去問問。」

「好的。」安妮在電話旁坐了下來，撥了黃基古玩店的電話號碼，電話立時有人接聽。

安妮道：「我看到了你們刊登的廣告！」

「是，」那邊回答，「你有那東西？」

「是的。」安妮忙道。

可是對方的回答，卻是出乎安妮的意料之外，對方似乎不怎麼感興趣，那聲音聽來，有一點懶洋洋道：「你是我們今早接到的第二十六通電話，雖然那樣，我們仍準備和你接頭！」

安妮不禁有點生氣，道：「什麼？你以為我是和你開玩笑的，我的確有你們所說的那古物，那是一個義大利船長送給我們的！」

對方並沒有立即回答，安妮足等了半分鐘之久，仍然沒有反應，安妮幾乎已要將電話放下來了，可是就在這時，對方又有了反應。

這一次，對方似乎很認真了，那人道：「小姐，你可以攜帶著那件古物，到我們的店中來，商議由我們收購的事麼？」

安妮冷笑了一聲，她也搭起架子來，道：「那是很有價值的古物，帶來帶去，如果有了損壞，那由什麼人來負責？所以——」

安妮的話還未曾講完，那人已忙道：「是！是！我們該派人到府上來看，小姐，你府上的地址是——」

安妮望向木蘭花，木蘭花點了點頭。

安妮將地址講了出來。

那人道：「我們盡快來，我們有三個人來。」

「歡迎。」安妮舒了一口氣，放下了電話。

木蘭花微笑著，問道：「安妮，你知道為什麼你一講出那東西是一位義大利船長送給你的，對方便立即認真起來了麼？」

「我知道，」安妮在側頭想了一會兒之後，說：「一定是那個曾向船長要求買這東西的人，又去找那位船長，而那船長則告訴他，這東西已送了人，被帶到本市來了，所以那人又追蹤到本市來，委託黃基古玩店公開登報，來搜尋那東西的。」

木蘭花十分高興地點著頭，說道：「你想得很對。」

她在誇獎了安妮一句之後，又停了半晌，才道：「那麼，你又看出，這件事有一點是很異乎尋常，令人注意的麼？」

安妮知道那是木蘭花藉著細小的事在考驗她的推理能力，是以她用心地想著，她想了約有一分鐘，才道：「我想到了一點。」

「說出來！」木蘭花鼓勵著她。

「一般來說，古董商是十分具有眼光的，當他們發現了一件古物的時候，總不肯對人說明那件古物的價值，以便低價買進，高價賣出，可是這個人，他卻大張旗鼓來追尋這東西，不怕出讓者趁機抬高價錢，這在古物買賣中是很少見的情形。」

「好！好！」木蘭花接連說了兩個字。

要給木蘭花稱讚上一聲，已經不是很容易的事，何況是一連稱讚兩聲！安妮立時紅了臉，十分高興，道：「我說對了？」

「你說得對，你能不能進一步分析何以會發生那樣的事？」

「這個……」安妮遲疑了一下，「我看，是由於這古物的價值實在太高，不論出讓者如何抬價，收購者都不在乎。」

木蘭花笑了起來，道：「我也那樣想，所以，安妮，當古玩店的人來了之後，你不要出聲，讓我來和他們討價還價！」

安妮道：「你真準備將它賣掉？」

「那得看情形，」木蘭花沉思著，「如果那東西真有著世人所未知的極高的價值，我看事情還決計不會有那麼簡單！」

安妮來到鋼琴之前，將那東西翻來覆去地看了一會兒，直到木蘭花吩咐她去找一個好一點的盒子，將那東西收藏起來。

黃基古玩店的人，在四十分鐘之後來到。

安妮去開門讓他們進來。

來的一共是三個人，最前面的 個，已有將近六十歲年紀，滿面紅光，穿著一身白紡的長衫，一望而知是一個富商。

在那老者身後的是一個年輕人，那年輕人的手中，提著一隻像旅行袋一樣的公事包，最後的一個，是一個面目很陰森的中年人。

那中年人是歐洲人，他滿頭的鬈髮是天然的銀灰色，是以令得他看來好像是古裝電影中的人一樣。

三個人魚貫走了進來，在客廳中坐下。

那年輕人向安妮道：「電話是你打來的？我叫張敏，是黃基古玩店的經理，這位就是古玩店的東主，黃基先生！」

安妮和木蘭花向他們點頭。

木蘭花望著那中年人，道：「這位是——」

張敏笑著道：「這位先生遠道而來，但是他不願透露姓名，我們自然也不便介紹了！兩位小姐是——」

木蘭花冷漠地道：「我姓穆，這位是我的妹妹，你們似乎也不必問我們是什麼人了，對不對？我們只不過是為了那古物才見面的！」

張敏雖然碰了一個釘子，但仍然滿面笑容，道：「是！是！」

「請坐！」木蘭花客氣地說。

他們三人一起坐了下來，張敏公事包中，多半是十分重要的東西，因為他坐了下來之後，便將公事包放在膝上，用雙手按著。

黃基首先開口，道：「穆小姐，那東西——」

那東西已被放在一隻木盒中，就在木蘭花的身邊，木蘭花將木盒取起，打開了盒蓋，道：「那東西就在這裡，請你們看一看。」

她將木盒遞給了黃基。黃基將那黑漆漆的東西取了起來，鄭重其事地用雙手捧著，看了極短的時候，就遞給了張敏。

張敏並沒有看，就遞給了那神秘的買客。那神秘買客將那東西放在膝上，取出了一具放大鏡來仔細地看著。他看了足有五分鐘之久，看得極之仔細。

然後，才看到他抬起頭來，點了點頭。

那神秘買客將那東西交給了張敏，張敏將之放在公事包上，自那神秘客的手中接過了放大鏡，也仔細地看著。

就在那時候，木蘭花住所的花園之外，突然傳來了「砰」地一下聲響，這引得所有的人都抬頭向外望了一下。

但是外面並沒有什麼異樣，可能是有一輛駛過的汽車爆了胎，立即沒有人再去注意外面的情形，張敏也已將那東西交給了黃基。

黃基又將之放進木盒中，將木盒捧還給了木蘭花。

木蘭花將木盒放在沙發旁的茶几上，道：「你們已仔細看過，這是不是就是你們所要的古物？」

張敏望向那神秘買客，神秘買客點著頭。

張敏又轉過頭來，道：「是的，不知穆小姐是不是肯出讓。」

「那要看你們出的價錢如何而定。」

張敏的年紀雖然輕，但是卻十分會做生意，他笑了起來，道：「穆小姐，最好由你先開一個價錢，你是出賣它的人！」

木蘭花想起許多傳說中古物買賣的故事，所以她也不說出價錢來，她只是伸出手來，五指一起伸開，道：「我的意思是這樣！」

她伸出手來，五隻手指一起伸開著，那表示她要的數字是五字開頭的，但究竟是多少呢？那就十分籠統了，可以是五十元，也可以是五十萬！

張敏向木蘭花的手看了一看，道：「穆小姐真會出價，我們同意你提出的價錢——」

當張敏那樣講的時候，木蘭花和安妮兩人卻十分奇怪。

張敏緊接著又道：「五百元是一個合理的數目，我們可以接受。」

木蘭花呆了一呆，道：「什麼，五百元？張先生，我看你是在開玩笑，你不見得真有誠意來購買這件古物的，不必再談了！」

木蘭花的話，令得張敏的臉上現出了十分驚訝的神情來，他道：「穆小姐，你的話我不明白，你不是提出五百元麼？那是很合理的！」

「當然不是五百元！」

張敏先望了望黃基，然後再望望那神秘買客。

黃基和那神秘買客都搖著頭，張敏攤了攤雙手，站了起來，道：「那就很抱歉了，穆小姐，不可能是五百元之外的另外數目。」

木蘭花也站了起來，她想，那是古玩店抑低售價的慣常伎倆，自己不必表示急於出售，所以她道：「那麼，我們只好終止買賣了。」

黃基和那神秘買客也站了起來。

安妮輕輕拉了拉木蘭花的衣袖，這時候，三個來客已然向外走了出去，木蘭花低聲道：「別急，他們一定會回來。」

可是，木蘭花卻料錯了。

2 魔術手法

黃基等三人並沒有回來，他們走出了花園，上了汽車駛走了。木蘭花和安妮在客廳之中，怔怔地發呆。

因為事態會有那樣的發展，真是全然出於她們兩人的意料之外的。那神秘買客特地從地中海來到本市，又登了那樣的大幅廣告，可知那東西一定是很有價值的，可是當他們鑑定完畢之後，卻只肯出價五百元，那實在是一件近乎開玩笑的事！

呆了好一會兒，安妮才道：「蘭花姐，這是怎麼一回事？」

木蘭花苦笑著。道：「我不明白，我真的不明白，我想，他們明天還會來，明天來的時候，他們會將價錢提高到五千元了。」

「五千元也太少了，」安妮說：「值五千元的東西，值得他們從那麼遠的路趕來尋找，並且刊登那樣大幅的廣告麼？當然不！」

木蘭花道：「所以，他們明天如果來了，我們仍應該拒絕，後天，他們或許會將價錢提高到五萬元，大後天，就可能是五十萬！」

安妮笑了起來，道：「好，我們等著。」

在當時，木蘭花的確是那樣想的，可是第二天一早，她就知道自己想錯了。而且，不是小錯，簡直是大錯特錯！

第二天一早，木蘭花打開報紙，就在昨天刊登「黃基古玩店啟事」的地方，又有了一幅同樣引人矚目的大廣告。那廣告的一行大字，也仍是「黃基古玩店啟事」，可是它的內文，越是看下去，越令得木蘭花瞠目結舌，莫名其妙！

那廣告的內文如下；

敬啓者：

昨日本市各大報章皆刊有本店受人委託收購一件古物事，查本店絕無此等事情，定是不法之徒假冒本店名義，企圖進行目的不明之行徑，特鄭重聲明，以正視聽，此啓。

那的確是令得木蘭花目瞪口呆的。

而且，當木蘭花將報紙給安妮看了之後，安妮也是張大了口，半晌說不出話來，足有三分鐘之久，她才道：「昨天那三個人，他們是——」

木蘭花跟著道：「我到黃基古玩店去看看。」

安妮道：「帶著那古物？」

木蘭花搖頭道：「不必了，你在家中等我。」

木蘭花向門外走去。她上了車，一面駕車向市區行進，一面心中還十分疑惑，因為她實在不明白事情的真相究竟如何！

如果昨天那三個人是假冒的，那麼他們的目的何在？他們昨天唯一的收穫，只是弄明白了那古物是在什麼地方而已。

那麼，他們下一步的行動是什麼呢？他們是明搶，還是暗偷？

不論是明搶，還是暗偷，木蘭花都不擔心，有安妮在家中，如果有什麼人想生事，那只不過是自討苦吃而已！

半小時後，木蘭花推門走進了黃基古玩店。

她一推門進去，就看到高翔自店內走了出來，有一個老者，十分客氣地送著高翔，木蘭花忙叫道：「高翔，你在做什麼？」

高翔看到了木蘭花，十分歡喜，忙道：「蘭花，你來買古玩？這位就是黃基先生，他一定會介紹愜意的古玩給你的。」

木蘭花向那黃基先生望了一眼，她不禁苦笑。

那當然不是昨天到她家中來的那位黃基。

木蘭花和他握著手，高翔又道：「因為昨天有一冒名者登了大幅廣告，事情很蹊蹺，所以我才特地來調查一下，看看是不是有人想對黃先生不利的。」

木蘭花皺著眉，道：「我有一點不明白，昨天打電話來，黃先生，貴店有人接聽的啊！」

高翔立時接口道：「現在已經查明，那是公共電話。」

黃基道：「那一定是照那冒名廣告上刊登的電話打去的了。」

木蘭花沒有出聲，心中苦笑了一下。

那電話號碼登在報上，看到廣告的人，自然會打這個電話號碼去，如果能事先查一查電話簿的話，那在昨天就可以知道廣告是假冒的了！

但是，電話號碼既然刊登在報紙上，還會有什麼人特地再去查電話簿呢？自然都照著那電話號碼打去了！

木蘭花的心中，對那位刊載假冒廣告的人相當欽佩，因為那人對於心理學顯然有相當程度的研究，不然他不會那麼大膽的。

木蘭花在沉思，高翔好像已感到木蘭花知道這件事多少有一點特別的關係一樣，他望定了木蘭花，但是卻並沒有出聲。

木蘭花也沒有和高翔多說什麼，她和黃基點著頭，準備告辭。可是忽然之間，她想起了一件事情來，道：「你們店中，有一位張敏先生？」

「是，他是我們的經理。」

「我可以見一見他？」

黃基笑著，道：「當然可以。」

他轉過頭去，對一個店員說：「請張經理來。」

不到五分鐘，黃基古玩店的經理張敏就來到了店堂中，木蘭花一看到了他，便不禁苦笑了一下，那當然不是昨天的年輕人！

張敏的年紀不算很大，大約三—六七歲，他很高興地和高翔、木蘭花握著手，黃基特別介紹道：「張經理是著名的瓷器專家，他對於宋瓷的研究，更是蜚聲國際！」

張敏謙恭地道：「哪裡！哪裡！」

木蘭花有點啼笑皆非，等到她和高翔一起走出古玩店之後，她更不由自主苦笑了起來，高翔也直到這時才問道：「蘭花，什麼事？」

「一件怪事。」木蘭花回答。

高翔挽著木蘭花，他們一起在街上慢慢走著，高翔又問：「怪到了什麼程度？」

「怪到……我不明白他們是為了什麼。」木蘭花蹙著雙眉，道：「你還記得秀珍給我的東西，昨天廣告所要尋找的，就是那東西。」

高翔「啊」地一聲，道：「那樣說來，這東西很值錢？」

「怪就怪在這裡！」木蘭花回答，「他們那樣大張旗鼓想購買那東西，那東西一定應該十分值錢才是，可是他們卻只出五百元。」

高翔的濃眉向上略揚，道：「那算什麼？」

木蘭花道：「所以我不明白！」

他們沿著馬路向前走著，木蘭花將昨天在她家中發生的事，詳細講了一遍，最後她道：「當時，我伸出五隻手指，我以為對方至少會說五萬元！」

高翔的濃眉像是打著結，突然之間，他停了下來，道：「蘭花，你被騙了！」

「被騙？」木蘭花不禁睜大了眼睛。

木蘭花並不是思想不縝密的人，她更不是一個容易被人欺騙的人，可是在昨天的整個事件中，她找不出什麼被騙的地方來。

當然，那三個人全是假冒的，可是那假冒的三個人，卻並沒有得到什麼好處，價錢談不攏，他們離去，照說，受損失的應該是他們，而不是木蘭花。

可是，高翔接著才講了一句話，木蘭花就明白了！

高翔只是問了一句，道：「蘭花，你說昨天那假冒的張敏，一直拿著一隻公事袋，而且，他一直將公事袋放在膝上？」

木蘭花突然明白了！她一揮手，道：「高翔，你的意思是說，他那公事袋中原來就有一個仿製品，而他趁我們不覺，已經將仿製品替換了真的古物？」

「我想是的，而且還有那突如其來的一聲響，那一下聲響，一定令你們抬頭向外看去，而他只要有十分之一秒的時間，就可以下手了！」

木蘭花在剎那間，只感到了一股難以形容的怒意。

木蘭花的心中，是很少那樣動怒的，但這時，她卻有被人當面唾了一口的感覺，她竟被人用那樣簡陋的魔術手法，換走了一樣東西。

雖然，高翔的話只是推測，還未曾有確實的證明，但是木蘭花是推理頭腦十分縝密的人，她自然可以知道，高翔的推測是合理的，因為這個推測，可以解釋一切疑團。

木蘭花在不到半分鐘之內，已將她心中的怒意平息了下去，因為她是一個十分理智的人，她知道發怒是一點用也沒有的。

她在那半分鐘之間，已經下定了決心，不管那東西有什麼用，哪怕那東西根本沒有價值，她也一定非將之找回來不可！那假冒的三個人，可能不知道她就是大名鼎鼎的木蘭花，所以才敢在她的面前玩那樣的把戲，但是他們總會知道的。

如果木蘭花不將那東西追回來的話，那麼，這對於她的聲譽，將是一項十分沉重的打擊，全世界都可能將之傳為笑談！

木蘭花忙道：「高翔，你幫我去調查一下，我想那三個人，至少有一個是外地來的。他得了那東西之後。一定急於離去。」

高翔點頭道：「是，照你的描述看來，我想，在警方的檔案之中，要去找那個玩弄魔術手法的人，也不會是一件十分困難的事。」

木蘭花點著頭，道：「我先回家去，然後，再到警局來找你，那東西可能一點價值也沒有，但是我一定要將它找回來！」

木蘭花轉過身，向她的車子急步走去，高翔向她揮著手。

木蘭花來到郊區公路上，她的情緒早已完全地平復了！

她的心中仍然很佩服對方想出來的那個辦法。那實在是一個好辦法，因為木蘭花知道，當她自己伸出五隻手指來的時候，對方以為的數字越是高，她越是不容易滿足！

對方自然也知道這一點，所以乾脆偷走了那東西！

木蘭花的車子才一駛進她住所的鐵門，安妮就從客廳中衝了出來，安妮一見到木蘭花，就叫道：「蘭花姐，有一件事，好像很不對頭！」

木蘭花立時道：「是不是那東西和以前不一樣了？」

安妮「啊」地一聲，道：「你已知道了？」

木蘭花向客廳走去，那東西就放在几上，木蘭花拿了起來。

作為仿製品而言，這件假貨也算是仿製得十分之精美了，但是木蘭花只消一拿上手，仔細一看，就可以知道那是假貨了，因為木蘭花曾對那件古物作過長時間的觀察和研究。

最明顯的分別是，那件假貨上的許多小孔之中，全是乾乾淨淨。一點也沒有貝殼附著在上面。只不過這一些小小的差異，在當時滿心奇怪對方的出價何以如此之低時，是不容易覺察的。

木蘭花嘆了一聲道：「安妮，我們受騙了！」

安妮怒道：「那傢伙竟敢在我們面前玩弄那樣的手法！」

木蘭花笑了一下，安妮的發怒，她是可以理解的，因為她自己也曾有過那一剎間的惱怒，那是任何人的正常反應。但是木蘭花和普通人不同的是，她不會一直發怒，因為她明白發怒是無濟於事的，她會冷靜下來，仔細地思考應付的方法。

所以這時，她用手輕輕地拍著安妮的肩頭，道：「無所謂敢不敢，他們已經做了，而且，他們已經成功了！」

安妮握著拳，道：「我可不能放過他們。」

木蘭花道：「我也不，我已請高翔著手去調查了，我們一起到警局去，看看高翔的調查工作有什麼進展，我們也好去幫助他！」

安妮點頭道：「好，我們立即就去。」

木蘭花和安妮一起出去，她們還未曾鎖上門，電話便突然響了起來，木蘭花推開了門，拿起電話，她立即聽到了高翔的聲音。

高翔的聲音十分愉快，他道：「蘭花，我已查到了！」

高翔的調查工作見效如此之快，木蘭花也頗感愕然。

她忙道：「好快啊，你查到了什麼？是那個外國人的下落麼？」

「不是，我已告知所有的機場、碼頭、車站，注意那外國人的下落。我查到的是那個假冒張敏的人，他是一個騙子，手法俐落，叫作魔術小古。我現在就到他的住所去，你們也可以直接去，這傢伙的魔術生涯大概很不錯，他住在壽圃路七號。」

「好的，我立刻就到。」木蘭花放下了電話。

安妮在木蘭花聽電話的時候走進了屋子來，她揮著手，道：「好啊，找到那傢伙了，看他怎樣再玩魔術手法來騙人！」

木蘭花笑著，道：「當然他不能再玩魔術了，除非他有先見之明，知道我們要去找他，又除非他會各種五行遁法，可以逃走！」

她們兩人的心情，都變得十分輕鬆。

因為，只要找到了那玩弄魔術手法，偷走了真東西的那人之後，整件事情，等於已經完結了一半，在他的身上找出他的同黨來，太輕而易舉了！

木蘭花駕著車，當車子轉進壽圃路的時候，木蘭花已幾乎可以肯定，那被稱為「魔術小古」的人，一定是另有生財之道。

因為，如果只是靠魔術手法來行騙的話。他怎麼可能住在這樣豪華的住宅區之中？這一條路，可以說是豪富集中的地區。

木蘭花的車子，停在七號的銅門之前。

那兩扇金光閃閃的銅門之內，是一個十分精緻的花園，有一個三股的噴泉噴出十呎高下的水柱來，水珠凝在青草上，青草閃耀著異樣的光采。

花園中十分安靜，木蘭花和安妮才一下車，就覺得不應該那麼靜，因為高翔應該已經來了，就算高翔是一個人來的，也不應該那麼靜。

木蘭花按著門鈴，她按了又按，按了足足有兩分鐘之久，仍然沒有人應門。

安妮已經不耐煩起來，道：「高翔哥哥應該來了啊！」

她一面說一面伸手，在銅門上推了一推。

銅門被安妮一推，原來並沒有鎖著，應手被推了開來，安妮連考慮也不考慮，一側身，控制著枴杖便從銅門中滑了進去。

木蘭花忙叫道：「安妮！」

安妮停了下來，木蘭花本來是想對安妮說，不妨在門口等一等高翔，或者高翔還沒有到，可是一轉念間，她卻改變了主意。

花園中那麼靜，大門又是虛掩著，這一切，都使人感到這裡已發生了什麼意外！而如果有意外發生的話，那麼自然越早進去察看越好！

所以，當安妮一停下來之後，木蘭花也已走進門去，木蘭花來到了安妮的身邊，道：「安妮，要小心一些，這裡的氣氛很怪！」

木蘭花接著深深地吸了一口氣，和安妮一起向內走去，她們來到了客廳的玻璃門之前，安妮伸手一移，將門移了開來。

一將門移開，她們立即看到，有一個人背對著他們，坐在一張沙發上。

木蘭花和安妮只能看到那人的大半個頭，但即使是大半個頭，從他那梳得一絲不亂的頭髮上，也可以認出他就是那個假冒張敏的人——魔術小古！

安妮立時冷笑了一聲，道：「小古，還有什麼魔術可變，我們找上門來了！」

安妮掠了過去，伸手按在沙發背上，將沙發轉了一轉。

那沙發是裝有不銹鋼旋轉腳的那種，安妮用力一轉，沙發連打了幾個轉，才停了下來，而魔術小古一直坐在沙發上不動。

等到沙發停止了旋轉的時候，安妮的臉色變得十分蒼白，而這時候，木蘭花早已開始行動了。

木蘭花的身形像貓一樣，竄進廚房，然後，她又從廚房中退了出來，三步併著兩步向樓上奔了上去，而安妮卻因為驚駭太甚，是以她只是站在沙發之前發呆。

坐在沙發上的，的確是那個假冒張敏的人，只不過他的神情有點不對頭，他的臉是灰色的，他的口張得老大，他的眼瞪得像是死魚眼珠子一樣，在他的口角中，有一縷血掛了下來。

那是一柄普通的水果刀，但由於所刺的部分，恰好是在心口，所以才成了致命的一刀，而且，沿著刀柄流下來的血也很少。

魔術小古已經死了！那實在是他們意料不到的事情！尤其，木蘭花和安妮是早知道高翔已來到這裡的。

高翔來了，魔術小古如何會死？他總不成是死在高翔手中的。

等到安妮略為定過神來之際，木蘭花已從樓梯上奔了下來，安妮忙叫道：「蘭花姐，高翔哥哥呢？」

木蘭花只是向安妮搖了搖手，表示高翔不在這所房子中，她隨即來到了電話几旁，撥著電話號碼盤，然後道：「高主任呢？」

她停了一停，又道：「我知道他到壽圃路來了，我是木蘭花，我正在壽圃路七號，沒有別人在，魔術小古已經死了，請快派人來！」

木蘭花放下了電話，轉過身來，道：「安妮，高翔出事了，你看這個！」

木蘭花的左手一直握著，安妮也不知道她握著什麼，直到她攤開了手來，安妮才看清，那是一柄鑰匙，很普通的鑰匙。

木蘭花道：「這是高翔的門匙，他到過這裡，但是他卻不在，而魔術小古死了，安妮，這件事情比我們想像的嚴重得多！」

安妮驚呼了一聲，道：「他怎麼了？」

「我不知道。」木蘭花來回踱著步。

安妮又問道：「那麼這門匙是——」

木蘭花抬起頭來，穿過飯廳直向廚房走去，從廚房，另有一扇門通向後院，木蘭花來到後門前，道：「是在這裡撿到的。」

她停了一停，才道：「那證明高翔是被逼離去的，或者他在這裡，曾和逼他離去的人發生過爭執，或者，他是故意遺下鑰匙的！」

木蘭花一面說，一面走出了後門。後院並不很大，有一道八尺高的圍牆，圍牆之後是一個山坡，木蘭花跳上了一隻水桶，身形再一縱，便已站到了牆頭上。

那時，安妮也來到了院子中，她控制著枴杖，枴杖一節節升高，使得她像是踏在高蹺上一樣，也可以看到圍牆外的情形。

圍牆外的山坡，全是野草和灌木，看不出什麼跡象來，高翔可能是從那裡離去的，但是這時，一定也已去遠，難以追尋了。

木蘭花的心中十分亂，這件事在一日之間會有那樣的變化，實在是出乎意料之外的。

木蘭花躍下了圍牆，就在那時，警車的嗚嗚聲也已傳了過來，木蘭花回到了客廳，大批警員已由兩個警官帶領著，走了進來。

木蘭花對那兩個警官道：「高主任早我一步前來，他極可能目擊凶案的發生，他現在遭到了意外，我想他是被人脅持著從後門離去的，快派人去搜索！」

一聽高翔出了事，所有的警員和警官全都緊張了起來，立時有十多名警員去到了後院，順著山坡一直向前找去。

木蘭花來到了花園中，在一張鞦韆椅上坐了下來。

木蘭花坐在鞦韆上搖著，一直不說話，安妮在她的身邊等了許久，實在忍不住了，道：「蘭花姐，你別儘是搖晃啊！」

木蘭花突然一按鞦韆椅的扶手，從椅上跳了下來，道：「安妮，我們先回去，我想他們難以發現高翔的蹤跡，高翔一定已遠離我們了。」

安妮忙道：「他有危險？」

木蘭花道：「當我一知道那三個人是假冒的時候，我就考慮到，那外國人是從外地來的，其餘兩個人是本市的犯罪分子，現在，至少魔術小古是本地人了，你想，一個外地來的人，他怎麼那麼快就找到了魔術小古，和他合作起來？」

「當然是有人介紹的。」安妮回答。

「你說得對，介紹外地來的人和本地犯罪分子見面，專門做這種事情的，就是洪逢介紹公司。」木蘭花望著安妮。

安妮失聲道：「洪逢，那個背景複雜到極點的人？」

「你應該稱他為犯罪大王，雖然他絕不會有什麼證據落在警方手中，那外國人來到本市，多半是先找他，然後才和魔術小古搭上關係的！」

「我們去找他！」

木蘭花道：「是，安妮，這次，可以任由你的心意去行事，對付像洪逢那樣的人，如果我們的態度太客氣了，那我們是什麼都得不到的！」

安妮聽後揚著她的枴杖，道：「這就夠他受的了！」

她們兩人離開了花園，上了車子疾駛而去！

洪逢介紹公司表面上的業務非常之廣，而且是非常合法的，他替外地來的人介紹適當的對象，替買家介紹賣家，替想要合併的工廠搭關係，替有錢的人介紹急需投資的企業，甚至，也替本地的顧客介紹外地的朋友，總之，一切介紹的業務他全做。

自然，和法律牴觸的介紹業務全是在暗中進行的，例如替外地的買家介紹毒品的大來源，替走私客介紹貨品的銷售等等。

洪逢介紹公司在一座宏偉的建築物之內，佔據了建築物的第二、三、四層。木蘭花和安妮從電梯中走出來時，是在四樓的走廊上。

走廊的佈置十分古雅，牆上掛著很多幅油畫，但是和那些油畫不相稱的是，有好幾個橫眉怒目的大漢站在走廊之中。

當木蘭花和安妮兩個才一走出來，那些大漢便都以不懷好意的目光，向她們望來，木蘭花和安妮並肩向前走來。

她們只走出了三四碼，兩個大漢便迎面而來，攔住了她們的去路，其中一人道：「你們做什麼？這裡是私人地方！」

安妮雙眉一揚，道：「我們找人！」

「你找誰？」一個大漢一臉不屑的神氣。

安妮冷笑著，道：「我們來找一個賊，他叫洪逢！」

那兩個大漢突然一怔！

而就在他們一怔間，安妮已按下了枴杖上的按鈕！

「嗤嗤」兩下極其輕微的響聲過處，兩枚麻醉針已分別射進了那兩個大漢的肚子，那兩個大漢一俯身，向後退去。

但他們只退出一兩步，身子便向後一仰，「咕咚」一聲，跌在地上，安妮和木蘭花連望也不向那兩個大漢多望一眼，便向前走了過去。

在走廊中的其餘幾個大漢，一看到了這等情形，都突然呆了一呆，在一呆之後，他們一起向前奔了過來。可是，當木蘭花和安妮了無所懼，向前迎來之際，他們又都不由自主地站住，只是虛張聲勢地喝道：「什麼人？」

木蘭花冷笑著，道：「木蘭花！」

一聽得「木蘭花」三個字，那四個大漢不由自主一起向後退去，其中一個一個轉身，在一扇門上用力敲了起來。

那扇門立時打開，一個戴著金絲邊眼鏡的中年人走了出來，叱道：「什麼事？」他才叫了一聲，便看到了木蘭花，他陡地一呆，然後滿臉堆下笑容來，道：「原來是木蘭花小姐，蘭花小姐。是什麼風將你吹來的啊！」

木蘭花冷冷地道：「是龍捲風，你們快遭殃了，洪逢呢，我要見他！」

木蘭花不知道那中年人是什麼人，但是她是認得出洪逢的樣子的。她肯定那中年人不是洪逢，是以她猜想那可能是洪逢手下的一個職員。

那中年人仍是滿面堆笑，道：「原來蘭花小姐要見洪董事長，不知蘭花小姐是不是和洪董事長有約？董事長他十分忙……」

那中年人的話未曾講完，安妮已經大喝一聲，道：「廢話，蘭花姐見人，要什麼預約，快去告訴洪逢，別在我們面前擺什麼架子！」

安妮一面厲聲叱責著，一面揚起手掌來，便待向那中年人當頭砸了下去，那中年人抱著頭，狠狠向後退去，道：「是！是！請跟來！」

3 黑手黨

他向走廊的盡頭退去。木蘭花和安妮兩人立時逼近去，來到了走廊的盡頭，那裡懸著一幅十分大的油畫。

那中年人的神色倉皇，他甚至不敢轉過身去背對著木蘭花，所以他只是反手在牆上摸索著，總算給他摸到了一個按鈕。

他按下按鈕，那一大幅油畫向上升起。

木蘭花定睛看去，只見油畫升起之後，是一個十分大的辦公室，約有十幾個人正在辦公，這時都抬頭向前望來。

木蘭花伸手一推，將那中年人推了進去。

她和安妮也立即走了進去，原來在走廊中的四個大漢也跟了進來，剎那之間，氣氛顯得十分緊張，但是，木蘭花和安妮兩人卻像是若無其事一樣。

在辦公室的左首另有一扇門，那中年人直向那扇門走去，安妮四面看看，突然，她一按枴杖上的按鈕，「砰」地一聲，一枚子彈已然射出。

那枚子彈，射向一瓶蒸餾水，那一大瓶蒸餾水，立時因為玻璃瓶的破裂，嘩嘩地滾了下來，辦公室中的職員全站了起來，又驚又怒。

那中年人來到了那扇門前，門已自動打開。門口站著一個頭髮花白，已有五十上下的人，那人的氣度十分好，雖然頭髮已然花白，但是他的體格仍然很強壯。

他站在門口，大聲喝問道：「木蘭花，你想怎樣？」

木蘭花冷笑著，冷冷的道：「想問你幾句話，洪逢！」

洪逢盯著木蘭花，可以看出他在竭力抑制著自己的怒意。在那一剎間，他心中自然是在考慮，要不要和木蘭花硬拚。

但是他考慮的結果，還是不敢得罪木蘭花，所以他只是悶哼了一聲，道：「有什麼話要問我，請進來，別在外面撒野！」

木蘭花向安妮施了一個眼色，兩人一起進了洪逢的辦公室，連那中年人也被拒在門外，辦公室中，只有他們三個人。

洪逢正要走到一張十分大的辦公桌後去坐下，但是木蘭花冷冷地道：「洪逢，要委屈你站一會兒，想來你不會介意的吧，只要兩分鐘就夠了。」

洪逢望了望木蘭花，又望了望安妮，點頭道：「好。」

木蘭花向他走去，直來到了離洪逢十分近，才一字一頓地道：「洪逢，你惹了大麻煩了，只有我可以幫助你，所以你要對我說實話！」

洪逢攤了攤手，做了一個無可不可的神情。

木蘭花目光灼灼十分嚴肅，道：「洪逢，你將魔術小古介紹給了什麼人？」

洪逢的濃眉向上揚了一揚，道：「什麼？魔術小古？我不明白你在講什麼，誰他媽的叫魔術小古，我根本不認識這個人。」

木蘭花冷笑著，道：「好，回答得真好，我不妨告訴你，魔術小古死了，他是被謀殺的，你不見得願意被牽涉進一件謀殺案之中吧？」

洪逢的面色變了！

像洪逢那樣狡猾之極的犯罪分子，最害怕的事便是上法庭，更怕的是被牽進謀殺案之中，木蘭花的話，可以說擊中了他的要害。

木蘭花一講完，就道：「再見！」

洪逢忙道：「等一等，我……記起來了，你是說魔術……什麼？噢，是那個姓古的魔術家，等一等，讓我查一查，等一等。」

木蘭花冷笑著，並不出聲。

洪逢來到了一隻鋼櫃之前，拉開櫃門，在許多文件夾中，拉出了一個文件夾來。

安妮突然衝過去，將洪逢手中的那個文件夾一手搶了過來。

安妮一搶走了那文件夾，洪逢立時怒容滿面轉過身來。

可是他才一轉過身來，便接觸到木蘭花冷峻之極的眼光，這種眼光，令得洪逢氣餒，他只好悶哼了一聲，道：「太過分了！」

木蘭花冷冷地道：「洪先生，你講錯了，你應該說，我們對你實在太客氣了，你還應該著實感謝我們，怎可以口出怨言？」

洪逢緊盯著木蘭花，他面上的那種怒意，可以說是木蘭花從未在任何人的臉上見到過的。

洪逢是一個大亨，在他自己的公司之中，他更是一呼百諾，人人都對他絕對服從，但是現在，他卻受到了木蘭花那樣的奚落！

就在洪逢和木蘭花對視間，安妮已打開了文件夾，迅速地翻閱著，文件夾中記載的，全是介紹公司和魔術小古來往的記錄。

安妮很快就翻到了最後一頁，她看到了一項三天前的記載：

「歐洲遊客雲生，通過本公司和小古接洽，雲生先生的住址是樂天酒店，七四〇室。」

安妮忙將文件夾送到了木蘭花的面前，道：「你看！」

木蘭花看了一眼，安妮以為木蘭花一定要離開洪逢介紹公司，立即到樂天酒店，去找那位「歐洲遊客」雲生先生了，卻不料木蘭花只是冷冷地道：「洪逢，你的正式記錄呢？如果你不願向我展示正式的記錄，講給我聽也行。」

洪逢眨著眼，道：「什麼正式的記錄？」

木蘭花突然反手一掌，「叭」地一聲，拍在桌上。

安妮從來也未曾看到木蘭花如此凶惡過，她也不禁陡地嚇了一大跳。

木蘭花則在一拍桌子之後，已然道：「洪逢，你別在我面前玩什麼花招，老實說，你還是確確實實和我合作的好，你以為我不知道這份記錄是你用來敷衍警方的麼？洪逢，你闖了禍了，不但魔術小古已被謀殺，高翔只怕也遭到了意外！」

洪逢聽到「高翔也可能遭到意外」，他的面色立時變得難看起來，像他那樣老奸巨滑的犯罪分子，自然知道這件事的嚴重性！

他不由自主手向額上抹了抹汗，這才道：「好，我實說了，這位雲生先生，是通過義大利黑手黨，介紹給我的。」

「你知道他們的目的是什麼？」

「那我真不知道。真的不知道！」洪逢急急地分辯著，「他來見我，只說他要進行一件騙人案，需要一個十分善於進行偷龍轉鳳手法的人，我自然想到了魔術小古，就介紹給他！」

「好，那麼他的真正地址呢？」

洪逢吸了一口氣，他猶豫了大約十秒鐘左右。

然後，他的面色變得更難看，他支支吾吾地道：「黑手黨的東方支部……我想警方一定有記錄，不必我再來提供的。」

木蘭花緊盯著洪逢，道：「我就是要你說！」

洪逢攤開了手，道：「木蘭花，你這不是存心與我為難麼？黑手黨的勢力遍佈全世界，如果他們知道我得罪了他們……」

木蘭花冷冷地道：「你趁早說了出來，我們就自己去，如果你再不說的話，我們就要你帶路，你自己慢慢選擇好了！」

洪逢揮著拳，看來他是想狠狠地打擊木蘭花，但是他卻不敢，所以他只是空揮著拳。

最後，他重重一拳擊在桌上，道：「好，他們在紅雲大廈的頂樓。」

木蘭花仍然望著洪逢，但當她繼續望著洪逢幾秒鐘之後，她就知道洪逢說的是真話。

正如洪逢所說，警方應該有記錄可查的，洪逢也不敢胡言亂語騙她！洪逢是在本市生根的犯罪分子，他不敢得罪木蘭花，自然也是有理由的。

木蘭花站起身，道：「安妮，我們走！」

安妮拋開了手中的文件夾，控制著枴杖跟著木蘭花，走出了洪逢的辦公室，木蘭花就在離開的時候，「砰」地一聲，重重地將門關上。

木蘭花在關上了門之後，並不立即向前走去，而是在門前停留了兩三秒鐘，然後，她陡地轉過身，突然又大力將門推了開來。

當她將門推開時，只見洪逢一手拿著電話聽筒，另一手正在撥電話號碼，一看到木蘭花去而復返，他立時僵住了，站立不動。

木蘭花冷冷地道：「去通知他們防範我，是不是？」

木蘭花顯然是料中了，因為洪逢雖然立即否認，但是他那種尷尬的神情，卻已說明了他正是在通知對方！

木蘭花冷笑著，道：「洪逢，你的頭腦未免太不清楚了，如果高翔不能安全回來，你就等於是在和全市的警方作對了！」

洪逢忙放下電話，搖著手道：「我絕沒有這意思。」

「不管你有沒有這意思，」木蘭花的語意一直冷得和冰一樣，「你還是快祈禱上帝，保佑我們成功的好！」

洪逢苦笑著，一句話也說不出來。

木蘭花這才又退了出來，再度「砰」地一聲，將門關上。

安妮和木蘭花相識以來，從來未曾見過木蘭花用那樣的態度對人！但是現在，事實已然證明，對付像洪逢那樣的大流氓，實在非用那樣的辦法不可，如果對洪逢客客氣氣的話，那麼事情進行，絕不會像如今這樣有成績的。

木蘭花和安妮穿過了走廊，許多彪形大漢都用充滿了敵意的眼光望著她們，但是她們卻全然未曾將那些大漢放在眼裡！

她們走出了那幢大廈，木蘭花的神情才變得十分嚴肅，她低聲道：「安妮，你聽說過義大利黑手黨？」

「我聽說過。」安妮立時點頭。

「黑手黨是歐洲最大的犯罪組織，三十年代，它的勢力隨著義大利移民的增加，而傳到美洲去，想不到我們會和黑手黨有了糾纏！」

安妮呆了一呆，道：「蘭花姐，你的意思是，我們會敵不過黑手黨？」

木蘭花呆了片刻，才道：「以我們幾個人的力量，自然難以和擁有數十萬黨徒的黑手黨為敵，但是在這件事上，我們非得和他們較量一下不可！」

木蘭花的話說來十分平靜，但是她的話卻給人以一種無比的鼓舞力量，令得安妮立時挺了挺胸，道：「蘭花姐，要不要告訴秀珍姐？」

木蘭花搖頭道：「不要去打擾她，她和四風現在是過著正常的生活，我們除非是萬不得已，最好不要去驚動他們！」

安妮笑了起來，道：「蘭花姐，我卻以為，我們的生活才最有意義！」

木蘭花沒有再多說什麼，她抬頭向前望去。

她們這時正在繁華的商業區中心，當木蘭花抬頭望過去，只見一列列的高樓大廈盡在眼前，紅雲大廈也在其中。

本市的市民，大約沒有什麼人不知道紅雲大廈的，因為紅雲大廈樓層最高，在它的頂樓之上，還有一座高達四十尺的尖塔。那座尖塔，一到了晚上便大放光明，成為奇景！

那是一幢純商業性質的大廈，據說，大廈的頂層，是大廈擁有者——一個豪富的辦公室和私人俱樂部，再也料不到，那竟然會是黑手黨的東方支部。

木蘭花望著紅雲大廈頂端的那座尖塔，她已經想到，那整幢大廈可能全是黑手黨東方支部的產業！

黑手黨是擁有財雄勢厚的一個組織，在本市那樣國際性的組織之中有一幢像紅雲大廈那樣的產業，原不是值得奇怪的事。

木蘭花向前指著，道：「看到沒有，安妮？」

安妮知道木蘭花是指什麼而言的，她點著頭，道：「看到的，我去過好幾次，那裡的三樓，是一家情調十分優雅的夜總會！」

「是的，」木蘭花輕輕嘆了一聲，「我也去過不止一次，我還記得，到頂樓去，有一架專用升降機，好像是有人看守的。」

安妮望著木蘭花，木蘭花立即道：「不論怎樣，我們先去了再說，我想，要到達頂樓，還是很簡單的事，困難的是……」

木蘭花講到這裡，便沒有再講下去。

但是，她不必再講下去，安妮也可以知道她是指什麼而言的了，木蘭花是在說，要弄明白誰是殺害魔術小古的凶手，以及高翔去了何處，那才真正困難。

她們兩人都不再說什麼，只是向前走著，十分鐘之後，她們越過了兩條馬路，已經走進了紅雲大廈的大堂。

紅雲大廈的大堂之中，滿鑲著淺紅色的大理石，更增一種富麗堂皇的氣象，在大堂的兩邊，一共有八架升降機在升落，進出升降機的人，只怕每一分鐘就超過一百人。

木蘭花在大堂中略站了一站，便來到一個穿制服的司閽人之前。她向那司閽人道：「我要到大廈的頂樓去，直達電梯在什麼地方？」

那司閽人一聽，就神色緊張起來，他不住地打量著木蘭花和安妮，然後問：「你要到頂樓去，有什麼事？」

木蘭花冷笑著，道：「我為什麼要告訴你？」

安妮也立即道：「你只要告訴我們，專用電梯是在那裡就行了，我們自然有著重要的事情，如果耽擱了，你可得負責！」

那司閽人吃了一驚，連忙說道：「請你們跟我進來。」

司閽人向前走去，木蘭花和安妮跟在後面，轉了一個彎，來到了一扇門前，木蘭花以為那就是專用升降機了！

可是，司閽人卻在門上叩了兩下，叫道：「丁先生。」

那扇門打了開來，裡面是一間小小的房間，只放著幾張沙發，這時，在沙發上坐著三個人，開門的那個，是一個三角臉漢子。

那四個人，木蘭花只要一看，就可以看得出他們的外衣之中藏著武器，那是四名槍手！而且還可能不是普通的槍手！

那三角臉才一開門，便喝道：「什麼事？」

木蘭花不等那司閽人回答，便伸手一撥，將他撥開了一步，她已和安妮衝了進去，坐在沙發上的三個人，這時也一起站了起來。

木蘭花揚著臉，道：「我要到頂樓去！」

那四個人都冷冷地望著她和安妮，其中兩個立時身形閃動，擋在一扇門前，木蘭花眼角略斜了一斜，她看到了那兩人的行動，已知道那一定是專用電梯了。

她向安妮使了一個眼色，木蘭花已向前走了出去，那三角臉漢子忙道：「小姐，你是什麼人？你要到頂樓去，有什麼事？」

木蘭花站定了身子，道：「我是木蘭花。」

她報出了名字之後，便略頓了一頓。

因為她知道，她在報出了名字之後，一定會使那四人大吃一驚的。

果然，那四個人一聽「木蘭花」三字，神色都微微一變。

然後，木蘭花才道：「我要到頂樓去做什麼，相信你們的首腦一定知道，不必我再多說了，讓開，讓我上去！」

木蘭花最後一句叱喝，是對擋在門前的兩人而發的。

那兩人的神色十分尷尬，其中一個甚至已伸手入上衣的衣襟，在木蘭花身後的安妮，也早已準備好了，那人手一揚，他的手中已多了一柄槍。

可是，他才掣出槍來，還未曾有機會將槍對準木蘭花，「嗤」地一聲響，一支麻醉針已自安妮的枴杖中射了出來。

麻醉針射在那人的手腕上，那人的五指一鬆，「啪」地一聲，槍已跌到了地上。

另一個人本來也準備伸手去拔槍的，看到了那樣的情形，伸進衣襟去的手再也縮不回來，變得僵立在那裡，神色之古怪難以形容。

中了麻醉針的那人，在手槍落地之後，身子晃動了幾下，便向地上倒了下去，木蘭花又道：「你是讓開呢，還是要像他一樣？」

那三角臉和另一個大漢，都在木蘭花和安妮的身後！

這時，只見他們兩人互望了一眼，可是也就在那一剎間，木蘭花已倏地轉過身來，冷冷地道：「如果你們想出什麼花樣，那麼，吃虧的只是你們，而不會是我！」

那三角臉在剎那之間，改變了主意，他滿面堆笑，道：「蘭花小姐，你至少也得讓我先報告一下，那是……我的責任。」

「好，你先報告！」木蘭花立即回答。

三角臉走到通話器之前，按下了掣，他立即道：「第一警衛室報告，木蘭花小姐有事要見我們的經理，她已經到了，是木蘭花小姐。」

三角臉在最後一句「是木蘭花小姐」上加重了語氣。

傳話器中，立時傳出一個聲音，道：「請等一等。」

木蘭花這時已轉過身，繼續向前走去，守在門前的那人連忙讓了開來，木蘭花一到了門前，將門拉了開來，那果然是升降機。

那三角臉忙道：「蘭花小姐！」

木蘭花一鬆手，門又自動關上，她道：「你放心，如果不是你們總經理要見我，我也絕不會上去，我想，他一定會見我的！」

木蘭花的話才一講完，便聽得傳話器中有人道：「快請木蘭花小姐，總經理非常高興能夠見到木蘭花小姐，快請她上來。」

那三角臉漢子一面答應著，一面連忙走過去，替木蘭花拉開了升降機的門。

當木蘭花和安妮一起進入升降機之時，安妮向木蘭花揚了揚眉。

木蘭花立時明白了安妮的意思，安妮是在問她，進入升降機是不是安全！因為那是專用升降機，如果在上升中，電流被切斷，那她們就被困在內了！

這一點，木蘭花早已想到了。

她剛才之所以先拉開門看上一看，並不是沒有意義的，她是在看，萬一發生了那樣的意外時，自己是不是可以另有出路。

結果，她看到那升降機和普通的升降機相仿，在頂部有一扇安全門，可以供被困時打開來。而且，木蘭花也料定，自己找上門來，對方的第一步應付方法，一定是裝著什麼也不知道，那也就是說，她至少可以安全到達頂樓！

所以，當安妮向她揚了揚眉之際，她立時略點了點頭，表示沒有問題，木蘭花的猜想並沒錯，因為那三角臉也跟了進來。

升降機迅速地上升著，紅雲大廈超過三十層，也就是說，他們要在升降機中上升三百呎以上，在那大約一分鐘之中，升降機中靜得出奇，而且，時間也好像過得特別慢。

終於，升降機停下，三角臉推開門，木蘭花立時看到了一個很大的廳堂。

那廳堂的一切佈置，完全是義大利宮殿式的，豪華到了極點，在一踏上那翠綠色的雲石鋪成的地面之際，就有置身於羅馬宮殿中的感覺。

那三角臉並沒有走出電梯，因為在電梯外，早已有八名穿著整齊的，一式的黑色西服的大漢站立著，木蘭花和安妮一出來，那八個大漢就分成了兩列。

其中一個向木蘭花一躬身，道：「請！」

那八個人等於是包圍著木蘭花和安妮向前走去的。木蘭花和安妮兩人全看到，在那廳堂的一邊，足有七八十呎，全是大幅玻璃鑲成的玻璃牆，可以俯覽全市的景色！

那八個大漢圍著木蘭花和安妮，來到了兩扇大門之前，那兩扇大門便自動打了開來，裡面是十來級階梯，木蘭花扶著安妮一起走了上去。

上了階梯，又是一扇大門。

她們才一上去，門又打開，這是一間豪華之極的辦公室，一個紅光滿面的中年人，自一張弧形的大辦公桌之後站起來。

他滿面笑容，搓著他的大手，道：「歡迎！歡迎！」

他一面說著，一面從辦公桌之後走了出來，和木蘭花熱烈地握著手，道：「大名鼎鼎的女黑俠木蘭花，竟然光臨，太榮幸了！」

木蘭花的神態卻十分冷漠，冷冷地問道：「閣下是——」

那中年人忙道：「我叫朱英，英雄的英。」

木蘭花道：「原來黑手黨遠東支部的負責人叫朱英！」

朱英像是聽到了什麼極度意外的話一樣，呆了一呆，他的臉上仍然帶著笑容，道：「蘭花小姐，我不明白你在說些什麼？」

木蘭花嘆了一聲，道：「朱先生，你何必浪費時間？如果我到這裡來，而不能解決事情的話，那麼十五分鐘之內，就會有一百名警員來進行搜索，我想，你不會希望有這種事情出現的吧！」

朱英在那樣的情形之下，居然還面帶著笑容，可見他的確是一個十分不簡單的人，他笑道：「說得是！說得是，誰也不想那樣。」

木蘭花道：「那就好，高翔在哪裡？」

朱英陡地一呆，這一次，他看來是真的吃驚了，他立時反問道：「你說什麼？高翔？高主任？他……他和我們有什麼關係？」

「他失蹤了。」木蘭花立時回答，「而且，我已可以肯定，這個失蹤是你們製造的，這是我到這裡來的第一件事情！」

「等一等！等一等！」朱英做著令木蘭花別發急的姿勢，他退到了他的辦公桌之前，站著，並不坐下，而急速地按下了許多掣。

在辦公桌對面的一幅牆，立時自動移了開來。

那幅牆移開之後，是三列電視螢光幕，一共有十五幅之多，不到半分鐘，十五幅電視螢光幕上，都出現了一個人的半身像。

朱英對著一具擴音器，大聲吼叫了起來。

木蘭花立時緊皺著眉，因為她竟聽不懂朱英在說些什麼！

木蘭花有著極其豐富的語言知識，她甚至知道一些十分冷門的語言，例如歐洲阿平寧山區的土語，又例如亞洲巴哈瓦浦耳一帶的方言，可是朱英在講些什麼，木蘭花一點也聽不懂！

但是木蘭花立即已知道，朱英在說的，一定是黑手黨自己創造的語言，那種語言，可能還只是黑手黨高層人員之間通用的，那麼，外人自然不得而知了！

朱英足足咆哮了兩三分鐘之久，看來那十五個人全是他的部屬，因為他們全都現出了十分惶惑的神情來。

在朱英的話講完之後，其中有一個人也以同樣的語言講了起來，他一面講，朱英便一面拍著桌子，狠狠地罵著他。

朱英不斷重複著一個字，木蘭花雖然不懂那是什麼字，但是猜想起來，也可以知道，那一定是「笨蛋」或者「飯桶」之類的話。

然後，朱英又咆哮了一分鐘之久，那人連連點著頭，朱英猛地又按下了幾個掣，十五幅螢光幕上的人一起隱去，那幅牆也移回了原位。

朱英吁了一口氣，抹了抹汗，又滿面堆笑，道：「蘭花小姐，剛才我讓你看到了我的十五個下屬，我想，這已足以表示我的誠意了。」

木蘭花只是問道：「高翔怎麼了？」

「那只是一個誤會，我的屬下已被我痛責了一頓，而且，他還會受到紀律處分，高主任立即可以沒有事，蘭花小姐一到警局，就可以見到他了！」

木蘭花望了朱英半晌，她並不懷疑朱英的話，因為黑手黨的勢力再大，終究只是犯罪組織，絕不敢公然和警方為敵的。

木蘭花立時又道：「高翔的事，是我來看你的第一個目的，還有第二件事。」

朱英苦笑著，道：「請說。」

「有一個叫雲生的人，」木蘭花說：「是由你們義大利的總部介紹來的，這傢伙，會同一個叫魔術小古的人，騙走了我一樣東西。」

朱英呆了一呆，張大了口，說不出話來。

過了好一會兒，他才道：「那……那東西，在干地亞島附近找到的古物，是在你的手中？那怎麼可能？你……最近到過歐洲？」

「沒有，那是我妹妹蜜月旅行時帶回來的。」

「該死，真該死！」朱英用力敲著桌子。

「也沒有什麼該死的，只要將那東西還給我，我也就不願追究了，這是最簡單的解決方法了！」木蘭花冷冷地回答著。

「蘭花小姐，」朱英攤開了雙手，表情十足。「這只怕沒有可能了，因為雲生已經回歐洲去，那東西已不在這裡了！」

「那你就該負責將它追回來！」

「唉！」朱英嘆著氣，道：「蘭花小姐，那不是我權力範圍的事，唉，我看，蘭花小姐，如果你肯接受金錢賠償的話，那就是最好的解決辦法了。」

木蘭花立時問：「賠多少？」

朱英來回踱了幾步，道：「一萬英鎊，如何？」

安妮在進來之後，一直未曾出過聲，但這時聽得朱英一開口，就是一萬英鎊，她不禁輕輕地吹了一下口哨！

她以為木蘭花一定接受了！

卻不料木蘭花立時笑了起來，道：「朱先生，如果你以為我不知道被你們騙走的東西的真正價值，那你就大錯特錯了！」

朱英的神情有些尷尬，他忙道：「那麼，五十萬英鎊！」

4 生死界限

這一次，安妮呆住了。

安妮實在想不出，那樣黑漆漆，就像是海底下的一塊石頭一樣的東西，會值那麼多錢，就算是那樣大小的一塊純金，也值不了十萬鎊。

木蘭花皺起了眉，像是十分不耐煩，道：「我不想和你討價還價，你可以一個錢也不花，只要將原來的東西還給我就成！」

朱英嘿嘿乾笑著，道：「蘭花小姐，你不免令我為難了，照我看來，五十萬英鎊的數字，無論如何，是十分之合理的了。」

這時，不但安妮的心中奇怪，就是木蘭花的心中也是奇怪之極，因為，她根本不知道穆秀珍帶回來的東西是什麼，所以，她自然也不知道，何以那東西會值這許多錢！

當那三個假冒黃基古玩店的人上門時，木蘭花雖然曾含糊地伸出五隻手指來，但是她也決計想不到，五隻手指可以代表五十萬英鎊！

是以連木蘭花那樣機敏的人，　時之間，也呆住不知該如何表示才好，她只是望著朱英，朱英忙道：「你同意了？」

木蘭花猶豫了一下，道：「我——」

可是朱英不等她講完，便立時打斷了她的話頭，道：「如果你同意的話，我立即開支票給你，你喜歡本地銀行的支票，還是外地銀行的？」

木蘭花知道，以黑手黨的實力而論，五十萬英鎊並不算什麼，她也知道，自己如果再要多些，朱英也是一樣會答應的。

可是，現在的問題不在於錢！

木蘭花絕不是貪錢的人，五十萬英鎊的數字雖然大，但也絕誘不動她，現在，她奇怪的是，那東西究竟是什麼，會值那麼多錢！

木蘭花深深地吸了一口氣，緩緩地道：「朱先生，我已和你說過了，我知道那是什麼，我相信知道這一點的人並不多！」

朱英呆了半晌，他道：「如果你要的價錢超過五十萬英鎊，那麼，我就必須請示，因為我能支付的極限數字是五十萬英鎊。」

木蘭花點點頭，道：「很好，你可以向你的總部請示。」

朱英忙道：「蘭花小姐，這又何必呢？如果事情就在我們這裡解決了，那不是很好麼，不必再節外生枝了！」

木蘭花望了朱英半晌，才道：「你是知道我的為人的，你的言語很小心，朱先生，在你的講話中，你一點也未曾提及你的身分，但是你是什麼人，我和你都明白，那東西如果對你們的犯罪行動有幫助，再多錢我也不接受，你明白了麼？」

朱英道：「自然，我明白了。」

木蘭花道：「所以，你如果要我接受你提出的數字，那麼，附帶條件便是，我要知道你們整個有關那東西的行動計劃！」

朱英皺起了雙眉，唉聲嘆氣。

過了半晌他才道：「那實在太令人為難了！」

木蘭花冷笑著，道：「一點也不為難，如果你不願意，那我們就算了，反正，我有這份自信心，一定可以追回失物來的。」

木蘭花的話，說得十分緩慢，也十分鎮定！

朱英搔著頭，道：「蘭花小姐，真的十分抱歉，如果你堅持你的條件，我一定要請示，二十四小時之內，我一定會給你答覆的。」

木蘭花道：「好，我不在乎二十四小時的。」

木蘭花回身向安妮招了招手，她們一起來到了門口。

門自動打開，朱英跟在她們的後面，送了出來。

朱英一直送到升降機門口，他鞠躬如也，正想向後退去，卻被木蘭花一拉，冷不防地拉了進來。

木蘭花拉進了朱英。冷笑道：「朱先生，你在禮貌上，至少應該送我們下電梯才是！」

朱英苦笑著，忙道：「是！是！」

電梯下降，不一會兒，跨出電梯，已在那間房間之中，推開房門，便是紅雲大廈的大堂。

一般人在大堂進出，做夢也想不到頂樓有那樣的乾坤！

木蘭花一出了大廳，和安妮越過了馬路，便在一家店舖中打了一個電話，電話一接通警局，接到了高翔的辦公室，她就聽到了高翔的聲音。

木蘭花只講了一句話，說道：「高翔，到我家來！」

高翔也將要說的話全忍住，只是答應著。

半小時之後，當木蘭花和安妮回到家中時，高翔早已在客廳中等著她們了。

高翔一見木蘭花，便問：「你怎知我已脫險了？」

木蘭花還未曾開口，安妮已將經過的情形約略講了一遍，她幾乎是一口氣不停地講下去的，高翔和木蘭花兩人根本連插嘴的時間都沒有！

等到安妮講完，木蘭花才笑道：「安妮，你應該先讓高翔講講他的遭遇，因為他的事情發生在前，而我們的事發生在後！」

安妮笑了起來，道：「五十萬英鎊，蘭花姐，我忍不住要將這消息先告訴高翔哥哥！」

高翔撫摸著安妮的頭髮，道：「我比你們早到一步，當我到達的時候，魔術小古已經死了，而雲生——我到現在才知道他的名字，他的一頭白髮倒十分容易辨認，他和另外兩個人正準備離去，我是被他們挾持著自後門離開那屋子的。」

「當時，他們不知道你是誰？」

「不知道，但知道我是警方人員。我被帶到車中，他們就蒙了我的雙眼，然後，帶我到了一幢建築物中，直到我忽然被釋放。」

「你不知那是什麼地方？」木蘭花問。

「不知道，但是我在離開之前，好像聽到雲生的聲音，他反對將我放走，不過他似乎不能指揮別的人。」高翔皺著眉說。

木蘭花呆了一呆道：「你聽到雲生的聲音？」

安妮也忙問：「那是什麼時候的事情？」

高翔道：「是啊，就在我離開時，大約是半小時之前，我還聽到雲生的聲音。」

木蘭花和安妮互望了一眼，安妮道：「蘭花姐，朱英在騙我們，他說，雲生已經帶著那東西回到歐洲去，他已無能為力了！」

高翔揚起眉：「他為什麼要騙你們？」

「很簡單。」木蘭花立即回答，「他寧願付出五十萬英鎊，也要取得那東西，所以他必須告訴我們，那東西已不在本市了！」

安妮忙道：「所以我們——」

高翔不等安妮講完，便立時接了上去，道：「我們寧願不要那五十萬英鎊，也要那東西！蘭花，你猜那東西藏在什麼地方？」

木蘭花緊蹙著雙眉，約有半分鐘之久，她才道：「我想，他們得到了那東西，留在本市是沒有用的，一定要帶離本市，所以，我們不能讓他們將東西帶走，高翔，在各地機場、碼頭的檢查仍要加強，而且要公開進行，使得他們暫時不敢將東西帶走。」

高翔一等木蘭花講完，便立時按下了電話的掣，發佈了一連串的命令，然後，高翔抬起頭來，道：「我們去將那東西偷回來。」

木蘭花笑了起來，道：「是取回來，高翔！」

安妮也忙道：「是啊，高翔哥哥，那本來就是我們的東西嘛！」

木蘭花道：「我們在晚上行事，高翔，晚上十一時，我們在紅雲大廈的橫巷中見面，到時，你要帶著應用的工具，我準備從頂樓的下一層窗口爬上頂樓去，而不通過那專用電梯，你有什麼更好的計劃沒有？」

高翔道：「自然，那是最好的計劃。」

高翔和木蘭花、安妮分手，直奔辦公室。

晚上十一時，日間繁華得摩肩接踵的商業區，變得十分冷清，當木蘭花和安妮轉進那條小巷之際，高翔已等在那裡了。

高翔揚了揚手中的一柄鑰匙，道：「我已取到了旁門的鑰匙，正門和旁門在晚上十時之後都下了鎖，有專人看守。」

「看守的人呢？」木蘭花問。

「已給警方人員帶走了。」高翔回答。

木蘭花點了點頭，他們三人一起由旁門進了紅雲大廈，主要的燈早已熄滅，大堂中顯得很暗，木蘭花、高翔和安妮來到電梯之前，木蘭花便低聲道：「安妮，我和高翔兩個人上去，你在樓下找地方隱藏起來，留意通向專用電梯旁那間房間的動靜。」

安妮呆了一呆，道：「蘭花姐，這——」

木蘭花不等她講完，便道：「這是十分重要的事，如果你不盡責，我們可能在得手之後也難以離開！」

安妮低聲嘆了一聲，道：「好吧。」

木蘭花將手按在安妮的肩上，道：「你千萬要小心，別認為我不讓你上去，如果你發現什麼意外，立時和我們用無線電對講機連絡。」

木蘭花一面說，一面伸手向附在她枴杖上的無線電對講機指了一指，安妮的情緒顯然已恢復了正常，她點頭道：「我明白了！」

升降機的門已打了開來，高翔和木蘭花進了升降機。安妮控制著枴杖，一點聲息也沒有，便已來到了那扇門前。

她將一個像汽水瓶蓋大小的音波擴大儀輕輕貼在門上，然後，她轉過了牆角，將一具小小的收聽器塞在自己的耳中。

安妮躲藏的那地方，十分巧妙，一根很粗大的柱子，恰好將她的身子遮住，安妮將收聽器塞在耳中之後，便聽到一個人在大聲打呵欠。

接著，便有一個人道：「怎麼，睡不足？」

另一個人怪聲怪氣地笑著，道：「自然睡不足了，這傢伙，昨晚太風流了，我告訴他，那女人是碰不得的，他偏偏不信！」

那打呵欠的人道：「行了！行了！別廢話，那看更的怎麼還不向我們來報到，會不會出了什麼意外的事？」

那兩人笑了起來，道：「有什麼意外，還不是出去偷懶了，喂，你可知道，今天下午，木蘭花來過，大名鼎鼎的女黑俠木蘭花！」

「知道，她來做什麼？」

「誰敢問？她直接去見總經理的。」

安妮用心地聽著，接下來，那三個人又講了一些不相干的話，便津津有味地討論起女人來，安妮厭惡地將收聽器取了下來。

安妮雖然不願意做現在的事，但是她既然答應做了，她就會做得十分認真，這時，她也一點沒有抱怨之意。

而高翔和木蘭花兩人，他們在這時，已經到了他們所乘搭的電梯的最後一層了，他們一走出了電梯，高翔便快步奔向窗口。

他推開了一扇窗，抬頭向上看去。

在頂樓之下，有一個大約凸出四吋的屋簷，如果能夠住了那個屋簷，那麼，攀上頂樓去，應該不是一件難事。

可是，當高翔縮回頭來時，不經意地向下看了一眼，他陡地呆了一呆，面上的神色也為之一變！

是以，當他轉過身來之際，竟說不出話來！

剛才他不經意地向下一看，才真正的意識到自己是在三十層樓上，向下看去，下面馬路上的一切，小得像是夢境中的東西一樣！

木蘭花像是已經知道他為了什麼而吃驚，她向高翔笑著，那種溫柔的笑容，使得高翔的心中登時鎮定了許多，木蘭花低聲道：「別向下看，當它是二樓就好了！」

高翔點了點頭，道：「是的，從這裡可以上去了！」

木蘭花揚了揚眉，問：「你自然帶著升高器來了？」

高翔自褲管旁的袋中取出了一根鋼管來，看來，那東西像是電筒，但卻可以射出三十呎長的特種金屬絲，利用一支鉤子，鉤住了固定的物體之後，再按下強力的收縮掣，就可以將人升高三十呎。

這時，木蘭花和高翔要從窗口攀到頂樓去，自然不需要升高三十呎之多，他們只消升高十二呎左右就已經足夠了！

木蘭花道：「我們一起上去，金屬絲的負重極限是多少？」

「三百五十磅。」高翔回答。

「那就行了，我們兩個人不會有三百五十磅的！」

高翔再度將頭探出窗子，他將升高器揚了揚，按下了一個鈕掣，「嗤」地一聲響，一股金屬絲激射而出，附在金屬絲一端的鉤子，發出一下輕微的聲響，落在屋簷上，高翔再按掣，金屬絲逐漸收緊，那鉤子已牢牢地鉤在那道簷上。

高翔轉過頭來，向木蘭花點了點頭。

然後，他自己一側身，先從窗中閃了出去。

他一手握著升高器，一手扶著窗框。接著，木蘭花也從窗中鑽了出去，他們兩個人都只用一隻手握住了升高器的銅棍，銅棍上有兩個環，他們的手指可以穿進環中去。

他們兩人都不向下望，而只是互望著。他們都深深地吸了一口氣，抓住窗子的手鬆開，高翔按下了收縮掣，他們的身子吊在三百多呎高的高空向上升去！

雖然只是幾秒鐘的時間，然而那幾秒鐘卻是令人窒息的，而且，在這幾秒鐘之中，他們也根本什麼都不能想！

如果他們去想的話，一定想到如果金屬絲斷了怎麼辦，如果鉤子鬆脫了怎麼辦，沒有人可以從三百呎高的高空跌下去而仍然生還的，那樣一想，會使人失掉行動的勇氣！

他們也絕不向下看，他們懸在半空，身子在晃動著，旋轉著，如果向下看去，看到自己離地面如此之高，那是會身子發軟的！

幾秒鐘的時間終於過去了！

對其他人來說，這幾秒鐘可能一點意義也沒有，講一句話，或是打一個呵欠，就過去了，但是對木蘭花和高翔而言，這幾秒鐘卻是生與死的界限！

當他們兩人伸手可以攀到那道簷的時候，他們的身子一縱，已站到了那道簷上。那簷只不過半呎寬，他們立即翻過了一道短牆，來到一個相當大的平臺之上。

木蘭花立時將身子伏了下來，高翔一揚手，揮脫了鉤子，收起了升高器，也伏了下來，他們伏在那短牆的陰影之中，幾乎與黑暗融為一體。

平臺上十分之靜，靜得一點聲音也沒有。

向前看去，是一大幅至少有七八十呎，全是玻璃的牆，木蘭花向前指了指，用極低的聲音道：「我日間來的時候，看到過這幅玻璃牆。」

高翔也低聲問：「玻璃有多厚？」

木蘭花不禁皺了皺眉，她日間來的時候，只是注意到從那一幅玻璃牆看出去，可以看到全市美麗的景色，卻沒有留意它有多厚！

高翔雖然沒有得到木蘭花的回答，但是看木蘭花的神情，也可想而知了，他揚了揚手，伸指在一枚戒指上彈了彈，道：「我去試試！」

木蘭花點著頭，高翔的身子，像一頭貓一樣，向前竄了出去，他伏身的短牆和玻璃門之間，至少有二十碼的距離！

但是高翔向前竄出的勢子極快，幾個起伏，他已到了玻璃門之前，木蘭花這時也已握槍在手，一有變動，她就可以掩護高翔退回來。

高翔來到了玻璃門之前，停了一停。

他來到貼近處，可以看到玻璃之內，是一層相當厚的絨簾。那對他是有利的，有簾遮著，在他動手的時候，即使裡面有人，也不易被發覺。

高翔先伸指在玻璃上輕輕彈了一下，他耳朵緊貼在玻璃上，傾聽著手指彈在玻璃上所發出的聲音，高翔聽出，那玻璃相當厚！

他緩緩吸了一口氣，手在門框上慢慢地撫摸著，他找不到匙孔，可知那玻璃門是從裡面上鎖的，也就是說，一定要在玻璃上弄穿一個洞，然後才能打開門。

高翔方才將耳貼在玻璃上的時候，並沒有聽到裡面有什麼聲響，那倒可以使得他放心動手的。他翻過手掌，戴著戒指的手指，緊緊壓在玻璃上。

然後，他的右手也壓了上去，戒指上琢磨成十分尖銳銳角的鑽石，壓在玻璃上，已經發出了輕微的吱吱聲。

高翔雙手一起用力，鑽石在玻璃上緩緩劃過，劃出了一個直徑約六吋的圓圈，他連劃了三次，才陡地一拳，擊向那圓圈的中心。

「啪」地一聲響，一塊圓形的玻璃被擊了下來，落在門裡面，高翔也就在那一剎間，身子一個翻滾，向外滾了出去。

在寂靜無聲之中，高翔擊落那　塊玻璃時所發出的聲音，實在是十分驚人的，連伏在短牆前的木蘭花，也突然吃了一驚。

木蘭花和高翔這時雖然不在一起，但他們的行動卻是一致的，他們都屏息靜氣地等著，足足等了一分鐘之久。

如果那廳堂中有人的話，那麼，在聽到了「啪」的一聲之後，是一定會走出來，察看一下究竟的，而在等了一分鐘之後，仍然沒有動靜，這表示他們至少暫時是安全的，可以放心展開下一步的行動，不必再等下去了。

高翔這一次是走到那圓洞之前去的，他的手臂從圓洞中伸進去，在門框上摸索著，接著，又是「卡」地一聲響，高翔已將一扇門拉了開來，木蘭花也在這時向前疾竄了出去。

高翔和木蘭花站在絨簾後面，慢慢地掀開簾子來。

當他們將簾子掀開一道縫之後，已經看到了那廳堂，此時大堂之中一個人也沒有，靜得出奇。木蘭花和高翔互望了一眼，這情形，多少有點出乎他們的意料之外，因為這裡，他們已確知是黑手黨的遠東支部！

黑手黨是一個龐大的犯罪組織，犯罪行為是絕沒有「黑夜休息」這件事的，那麼，何以在這裡竟會如此之靜，一個人也沒有？

他們呆了片刻，木蘭花先慢慢地伸出腳去，腳尖在地上踮了一踮，在肯定了沒有什麼意外之後，她才向前跨出了一步。

在未曾開始之際，木蘭花的動作十分緩慢，但是在開始之後，她的行動迅捷無比，才跨出了一步，第二步接著就跨了出去。

轉眼之間，她已來到了一根大柱之後。

當她在柱後站定轉頭看去時，看到高翔就在她身邊不遠處的另一根大柱之後，木蘭花向前面的一大扇大門指了一指。

她日間來的時候，就是由那扇門上了幾級階梯，而見到了朱英的。高翔立時明白了她的意思，兩人一起向前走了出去。

他們一來到門前，高翔伸手摸到了門口的匙孔，但是，還未曾等他弄清楚，要用什麼樣的鑰匙才可以打開這扇門，便立時聽到有腳步聲傳了過來！

那腳步聲聽來很低微，幾乎是不可辨的，如果不是此時那樣寂靜，又如果木蘭花和高翔兩人不是那樣機靈，那一定聽不出那樣低微的腳步聲來！

腳步聲好像是從廊處傳來的，木蘭花和高翔立時一閃，各自閃到了大柱之後，他們才一站定，突然之間，眼前大放光明！

他們兩人聽到了腳步聲之後，自然知道有人來了，可是突然之間眼前大放光明，那卻是出乎他們意料之外的。

他們勉力鎮定心神，先閉上了眼睛，然後再睜開眼向前看去，他們看到，兩扇門移開處，四個人正走進大廳來，看來，廳堂的燈光設備和那兩扇門是連接的，當門一移開。燈光也就亮了，所以才會突然大放光明的。

而木蘭花在一眼之間便已看出，那四個人之中，最前面的一個，就是朱英，跟在朱英後面的，就是那滿頭白髮的「外國遊客」雲生！

朱英和雲生後面的兩個人，穿著黑西裝，從他們走路的姿勢、面目神情來看，一望而知，那是黑手黨中的槍手。

朱英的面色很不好看，像是在發怒，他一面向前走來，一面道：「我已經和總部連絡過，要他們調潛艇來，以便讓你帶著那東西離去。」

跟在朱英身後的雲生道：「是！是！關於那報告……」

「那報告，我必須呈遞，由於你的疏忽，組織要損失五十萬英鎊，可能還不止，如果不向組織報告，我如何交代這筆支出？」

雲生的神情很激動，道：「那是你自已膽小，你怕木蘭花，可是我看她和普通人沒有兩樣，當我們換掉那東西的時候，她根本沒有注意！」

「可是她事後卻追到這裡來了！」

「你該將她扣起來，消滅她！」雲生揮著手。

朱英的臉色變得極其難看，他狠狠地道：「是你在領導這裡，還是我？」

雲生道：「如果你一定要向總部報告，我也可以做報告，報告你有機會消滅木蘭花和高翔，但是你卻和他們妥協，投降了。」

他們兩人一面說一面爭執著，已來到了門前。

只聽得朱英哈哈大笑了起來，他的笑聲十分震耳，他笑著道：「你只管報告好了，總部若是連木蘭花是怎樣的人也不知道，怎能指導全黨的黨務？」

雲生的面色十分難看而呆住了，沒有再向下說了。

朱英已經取出了一具小型的無線電控制器來，按下了幾個鈕，那扇門自動打了開來，高翔看到這等情形，暗叫了一聲僥倖！

因為他並不知道那扇門是由無線電控制的，剛才，他還試圖用百合匙去開啟那扇門，那門上的匙孔自然是一個陷阱，如果伸進百合匙的話，可能會有不幸的意外發生，而現在，他和木蘭花兩人，可以說已佔上風了！

門一打開，朱英先走了進去，跟在朱英後面的是雲生，然後才是兩個槍手，他們四個人的距離極近，一等到那兩個槍手也跨進了門，高翔已然從柱後閃了出來，冷冷地道：「好了，你們都將手放在頭上！」

高翔的話剛一出口，朱英和雲生陡地一呆。

但是那兩個槍手的反應卻十分之快，他們立時轉過身來。

然而就在那時，木蘭花也已自柱後現身，兩支麻醉針早已射出！

那兩名槍手在疾轉過身來時。便已中了麻醉針。

他們兩人轉身的動作十分快，而他們才一轉過身，就中了麻醉針，以致他們的身子在剎那間，不由自主又打了好幾個轉，才「砰」地跌倒在地！

這一切，都只不過是兩秒鐘之內發生的事！

在這兩秒鐘之中，朱英和雲生兩人仍然呆立著。

而高翔唯恐那扇門自動關上，他早已一個箭步躍向前去，木蘭花在那兩名槍手打著轉的時候，也向前奔了出去，朱英和雲生兩人簡直沒有反抗的餘地！

僅是木蘭花或高翔任何一個，已經令匪徒聞名喪膽的了，何況這時是他們兩人一起出來，配合得如此佳妙，朱英和雲生兩人一時間呆若木雞！

高翔一來到了他們兩人的身後，就冷笑了一聲。道：「朱總經理，你幹的好事啊，居然支使你的手下脅迫警官，嗯？」

朱英的神情尷尬之極，他忙道：「高主任，這事情，我……真的不知道……蘭花小姐一來……我就立即命人解釋誤會了！」

木蘭花冷冷地道：「上去再說！」

朱英道：「是！是！」

朱英和雲生在前，木蘭花和高翔在後，一起走了上去。

到了朱英的辦公室中，木蘭花道：「不必多廢話了，那東西呢？」

朱英轉過身來，道：「蘭花小姐，你日間和我講好，可以接受五十萬英鎊的，為什麼忽然之間又變卦了？」

木蘭花冷冷地道：「我從來也不是講了話不算數的人，我可以接受五十萬英鎊，但第一，你要將你們的計劃，全部告訴我。」

「那……我已向總部在請示了！」

「第二，」木蘭花繼續說：「要那東西如你所說，已被帶到了歐洲，可是現在那東西卻還在本市，就在你的手中！」

5 老狐狸

朱英的面色，在剎那間變得難看到了極點。

在朱英身邊的雲生，就在那時候，突然轉過身來。

然而，高翔根本不去過問雲生為什麼轉過身來，他一看到雲生有異動，便立時一拳揮了出去，那一拳，正擊在雲生的左太陽穴上。

雲生的身子一側，跌出了好幾步，撞在一張沙發上，昏了過去。

木蘭花連望都不向一旁望一眼，道：「朱先生，如果你識趣的話——」

朱英果然非常識趣，忙道：「是……是！我現在就將那東西物歸原主，唉，雲生這傢伙，實在太有眼不識泰山了，你別生氣……」

木蘭花揚了揚手中的麻醉槍，道：「快去！」

朱英轉過身來到了一幅油畫之前，他將那幅油畫向旁移開去，現出了一具保險箱，他轉動著保險箱上的數字盤，打開了保險箱的門。

高翔就在這時，大喝了一聲。道：「後退！」

朱英後退了兩步，高翔走了過去，將保險箱完全打開，保險箱中，有大量的現鈔，還有一隻盒子。

朱英的聲音有點發顫，他道：「就……在那盒中。」

高翔取出了盒子，打開盒蓋，將那東西取了出來，木蘭花也走了過來。

她翻來覆去，看了一會兒，才冷笑一聲，道：「高翔，調警員來，仔細搜查這裡！」

高翔立時一聲答應，朱英大驚失色，道：「蘭花小姐，你已經得回了你的東西……何必再和我們……為難？就算搜查，也查不到什麼的。」

木蘭花也知道，就算搜查，也查不到什麼的，如果就那樣而可以查到他們犯罪證據的話，那麼黑手黨也不成其為黑手黨了！但是木蘭花也知道，如果大隊警員搜查這裡，也可以給他們帶來極大的困擾和不便！

木蘭花斜睨著朱英，道：「你不想有這種情形出現麼？」

「當然不想！」朱英尷尬地笑著。

「那我們不妨談談條件！」木蘭花冷冷地說：「我看，用你們的行動計劃來作交換，這是十分合理的條件。」

朱英瞪住了木蘭花，看他的神情，真恨不得一拳將木蘭花的頭砸扁！但是，他卻只能僵立著，空自發怒，因為這時他完全處在下風，絕無還手的餘地！

朱英能夠做黑手黨東方支部的負責人，他絕不是等閒的人物，但不論他的神通多麼廣大，在那樣的情形下，他也是拿不出辦法來的。

他吸了一口氣，道：「這我要請示總部。」

木蘭花冷笑著，道：「不必了，你是東方支部的負責人，這件事又在你管轄的範圍內進行，你豈會不知詳情？我給你二十秒的時間去考慮！」

高翔走到了一具電話之前，拿起了電話聽筒來，手指放在號碼盤上，眼望著朱英，他在等著二十秒鐘過去，立時可以報警。

朱英呆立著，一聲不出。

木蘭花冷冷地道：「還有十秒。」

朱英的身子震動了一下。

木蘭花又道：「還有五秒！」

朱英張大了口。看來他想說些什麼，但就在這時，一具電話突然響起了「滋滋」的聲響，那是一具內線電話。

朱英忙道：「我可以先接聽電話？」

木蘭花道：「可以，但在聽完電話之後，你一定要有決定才行！」

朱英忙向電話走去，拿起了電話聽筒，只得他不斷「噢」、「噢」地答著，顯然是有人正在向他報告著什麼事情。

半分鐘後，他放下了電話，他向木蘭花笑了笑，道：「對不起得很，蘭花小姐，請將你手上的那東西給我！」

木蘭花和高翔兩人，都陡地一呆。

高翔忍不住罵道：「你在放什麼屁？」

可是，朱英卻笑了起來，他笑得十分奸詐，而且，從他的笑聲中可以聽得出，他是有恃無恐的！

高翔和木蘭花兩人實是愕然之極，他們不明白何以忽然之間事情會有變化。

朱英已笑道：「高主任，蘭花小姐，你們是三個人一起來的，上來的只是你們兩個人，對不對？」

木蘭花陡然一震，失聲道：「安妮！」

朱英的態度十分輕鬆，他裝成像是記起了什麼似地，道：「對了，安妮，這就是那位小姑娘的名字，現在，她有了些意外。」

木蘭花和高翔互望了一眼，高翔一開口想說話，但木蘭花立即向他作了一個手勢，令他不要出聲，她自己的神態十分鎮定，道：「是嗎？你們可別欺負她小，她只怕比我還難以對付！」

朱英的神態多少有點得意忘形，他格格地怪笑著，道：「或者你是指她的柺杖而言的，但是據我剛才接到的報告——」

朱英講到這裡，故意頓了一下。

高翔已實在忍不住，大聲道：「怎麼樣？」

朱英笑著道：「她是被突然擊昏的，而她的柺杖也已離開了她。蘭花小姐、高主任，我的答覆，令你們感到滿意了？」

木蘭花的回答十分乾脆，她將古物往桌上一放，道：「好，將這東西給你，你吩咐你的手下，將安妮恢復自由。」

「當然，當然，我們會，但不是現在……」朱英狡猾地笑著。

木蘭花怒道：「什麼意思？」

朱英拿起了那古物，笑著道：「這東西，在本市是沒有用的，我接到的命令是要將它運到歐洲去，而近日來，機場和碼頭上的檢查，等等……」

木蘭花一字一頓地說道：「朱英，你一定會後悔的！」

朱英呆了片刻，道：「或許會，但是，在現在這樣的情形下，我卻不能輕易放過我可以完成任務的機會，所以，安妮小姐已被帶到了一處妥當的地方去——」

木蘭花的面色變得陰沉，這證明她的心中實在是十分惱怒，而這種程度的惱怒，即使是高翔。也很少在木蘭花的身上見到。

木蘭花叱道：「你痛痛快快地說！」

「好，我是意思是，只要東西一到了目的地，我們便一定送安妮小姐回來，在這期間，我們也一定將安妮當公主一樣地服侍她！」

木蘭花望著朱英，好一會兒不出聲。

在木蘭花目光的逼視下，朱英的神色也很有些不自在，他向後退了一步，就在這時，傳來一陣鈴聲，朱英大聲道：「進來！」

門隨即打開，一名大漢走了進來。

那大漢的手中拿著一副枴杖，只怕是世上獨一無二僅有的一副，而木蘭花和高翔一看就知道，那正是雲五風送給安妮的。

朱英向一張桌子指了一指，那大漢將這副枴杖放到了桌子上，朱英又道：「你將一切經過，向這兩位說一說。」

那大漢道：「事情很偶然，我從樓上一直巡視下來，到了快到大廈的樓梯轉角處，我就看到了她，她正在向外觀望著，我記得她好像是日間來過的，就出其不意，用我的飛錘向她的後腦擊去，她立時被我擊昏，我也就來向你報告了。」

「給他們看看你的飛錘！」朱英又說。

「是，」那大漢答應著，突然一揚手，一隻高爾夫球大小的球形體突然迎射而出，但是才一飛出七八呎，突然又收了回來。

「我的飛錘有兩種，一種是金屬的，一種是橡皮的，那位小姐被擊昏過去，不久就醒了過來，我們已將她送走了，她一聲也不出。」

朱英道：「很好，現在，你送這兩位離去。」

木蘭花立時道：「好的，再見了。」

高翔忙道：「蘭花，難道──」

木蘭花的聲音十分冷淡，乍一聽來，像是所有的事情完全和她不發生關係一樣，她道：「高翔，我看你也該快回去下命令，取消特別加設的檢查人員了！」

高翔十分氣憤，他知道在目前的情形下，為了安妮，他們一點辦法也沒有，只好那樣，但是他的心中還是十分氣憤。

他雙手緊握著拳，轉過身去對著朱英。

朱英一看到高翔那種發怒的樣子，立時嚇了一跳，向後退出了兩步，木蘭花忙道：「高翔，別做傻事，我們該走了！」

高翔仍然狠狠地瞪著朱英。

木蘭花來到桌前，取起了那副枴杖，朱英也沒有表示反對，因為他也知道，只要他掌握了安妮，那麼他就佔著絕對的上風！

他只是道：「兩位放心，我們一定好好招待安妮小姐，我們會提供她可能範圍內的一切娛樂，她一定會懷念這段日子的。」

木蘭花冷笑著，和高翔大踏步走向外去，那大漢和朱英一直跟在他們的後面，直到進了升降機，又一直來到了大廈的大堂。

木蘭花和高翔走出了大堂，朱英仍然一直送了出來，到了石級上，木蘭花才道：「朱英，我想那古物的價值一定十分駭人，不然，你們絕不會冒犧牲整個東方支部的危險，而僅僅是為了將這東西運到歐洲去的，是不是？」

木蘭花的話，自然是含有威脅的意味在內的，她是在警告朱英，從此之後，她必然會和黑手黨的東方支部作對，而東方支部也一定會在她的勢力之下，一敗塗地。

朱英自然也可以明白木蘭花的意思，是以他在那一剎間，面色變得十分難看，過了足有三十秒，他才道：「我想即使那樣，也是值得的。」

木蘭花點頭道：「很好。」

她和高翔走下了石階，朱英就站在大廈門口，沒有再向下走來。

高翔一直和木蘭花來到車子上，才道：「蘭花，我們就這樣？」

木蘭花沉聲道：「當然不，先上車再說！」

他們一起上了車，木蘭花駕著車，迅速地轉了兩個彎，然後她停下了車，道：「高翔，你回警局去，通知撤銷額外的檢查人員。」

「那麼，你呢？」

「我另外有事。」

「你準備做什麼？」高翔關切地問。

「我沒有時間向你作詳細的解釋了，」木蘭花已拉開了車門，向外跨了出去，「我會和你連絡的，你快回警局去，別誤了事！」

高翔嘆了一聲，他的心中疑問很多，但他也知道現在絕不是發問的時候，而事實上，木蘭花話才說完，便已隱沒在黑暗中了。

木蘭花以極高的速度，奔回到紅雲大廈對街的街角上，她之所以奔回來，是因為她注意到了朱英在講話時的一個破綻。

朱英告訴她，說是他的手下已將安妮帶到一個妥當的地方去了，但是木蘭花知道他在說謊，因為朱英在接到報告之後，根本未曾在電話中下那樣的命令！

所以，沒有朱英的命令，安妮一定仍在紅雲大廈之中！

木蘭花知道朱英一定會將安妮帶走，所以她要急急趕回來，如果她來得及的話，那麼她應該還可以看到朱英將安妮帶出來！

木蘭花這時伏在對街的一輛汽車之後，她看到了朱英的背影，朱英剛轉身向大堂內走去，兩個大漢向他迎面走了過來。

朱英和那兩個大漢正站定了在講些什麼，木蘭花一面注視著他們，一面用百合匙打開了那輛汽車的車門，輕輕打開門，進了車子。

木蘭花在車中伏著，她已看到，這輛車子的性能不錯，可以供她利用來作為追蹤之用，當然，那樣的追蹤需要高度的技巧！

木蘭花看到有一輛大房車，駛到了紅雲大廈門口停了下來。接著，朱英便又走了出來，木蘭花忙將身子伏得更低一些。

跟在朱英後面的是兩個大漢，那兩個大漢抬著一張椅子，椅子上坐的是滿面怒容的安妮，木蘭花料得不錯，朱英剛才是在說謊。

安妮後面又跟著一個大漢，那大漢的手中持著手提機槍對準了安妮，朱英不愧是一個老練的犯罪分子，從他行事如此小心這一點上，就可以得到證明。

木蘭花那時無暇去思索穆秀珍帶回來的那東西究竟是什麼，以致朱英肯冒著黑手黨東方支部被摧毀的危機而要得到它！整個黑手黨的東方支部，價值顯然不止五十萬英鎊！

木蘭花看到他們坐上了車，一個大漢帶著那張椅子回去，安妮被抱下椅子時，打了抱她的大漢一個很響亮的耳光。

那大漢揚起了拳頭，像是想打安妮，但是朱英立時阻止了他。

他們一上了車，車子便立時向前，駛了出去，一直等到他們的車子轉了彎，木蘭花才發動車子。

木蘭花的車子轉了彎之後，發現那輛車子在前面七八十碼處，速度十分高，木蘭花將車子的速度控制得恰到好處，跟在那輛車之後。

有好幾次，木蘭花估計到了前面車子會走哪一條路，她這時也落後許多，以免引起對方的注意。

她跟蹤那輛車子十分鐘之後，四周環境已經漸漸荒涼了。接著，車子又轉了一個彎，駛進了一條郊區的公路中，木蘭花仍然跟著。

在郊區的公路上，那樣的深夜時分，簡直只有他們兩輛車子在行駛著，木蘭花實在覺得跟蹤不下去了，因為那樣的跟蹤，對方萬萬不會不發覺的。

可是前面那輛車子卻仍然一點反應也沒有，只是向前疾駛著。木蘭花自然知道，那是對方故意在引她跟蹤，令她進入圈套。

而木蘭花也十分樂於進入圈套，因為就算她落入對方的手中，她也至少可以和安妮在一起，那麼安妮所受的打擊，也就不會如此之甚了！

木蘭花一想到這裡，她也不必故意將車控制得忽快忽慢了，她保持著一定的距離，直到駛進了一條更僻靜的路，前面的車子突然停了下來。

木蘭花也立時停了車，還未待她打開車門，路旁的草叢中，又跳出了七八個手持著手提機槍的大漢來。

朱英也從前面的車中跳了出來，他伏在車旁高聲叫道：「快從車中出來，不然，我就命令向你發射了！」

木蘭花早已料到自己的跟蹤必然被發覺，她也料到那七八個大漢，一定是朱英利用無線電通知，早就埋伏在這裡的。由此可知，這裡離黑手黨東方支部的另一巢穴已經不很遠了。

木蘭花既然對突然出現的埋伏，一點也不感到意外，是以當她從車中走出來的時候，她的態度也十分輕鬆。

她一走出來，便聽得前面車中，傳來了安妮的叫聲，道：「蘭花姐！」安妮的聲音中，帶著哭音！

木蘭花知道安妮是一個十分倔強的女孩子，在敵人面前，她是絕不會哭出來的，但是在自己的親人面前，她可能會忍受不住！是以木蘭花忙揚聲道：「安妮，不必驚惶，我是特地來和你在一起的。」

朱英一看到是木蘭花，他的身子陡地一震，隨即一揮手，那七八個槍手一起圍了上來，木蘭花輕鬆地笑著，道：「別緊張，看，我是空手的！」

朱英的聲音之中，也不禁充滿了由衷的佩服，他點著頭，道：「蘭花小姐，你真了不起，但是你這樣跟了來，未免太不聰明了些。」

木蘭花仍然保持著微笑，道：「也沒有什麼不聰明，我喜歡和安妮在一起，你可以將我和安妮一起扣留，直到那東西運到歐洲！」

朱英沉聲道：「那你必須服從我的扣留！」

「自然，」木蘭花毫不在乎地說：「你也不必對自己那樣沒有信心，我相信你的槍手一定不止那幾個，是可以完成拘留的任務了！」

因為木蘭花的嘲笑，朱英的臉上也不禁有點訕訕地，他道：「那麼，請你上車，我會安排你和安妮小姐住在一起的。」

「謝謝你！」木蘭花輕盈地向前走去。

她來到了車邊，安妮已迫不及待地伸出手來。

木蘭花握住了安妮瘦弱的手，道：「安妮，別難過，誰都有不順利的時候。」

安妮緊抿著嘴，她知道，木蘭花和高翔的紅雲大廈之行，全因為她的被擒而失敗了，她心中十分內疚，她真想好好哭一場，但是，儘管她的眼睛潤濕了，她還是有力量忍住並不哭出來，她點了點頭。

木蘭花已上了車，就坐在安妮的身邊。

安妮和木蘭花一直握著手，車子又向前駛去，駛得很慢，朱英率領著槍手，就在後面跟著她們的車子。

不一會兒，車子上了一條斜路之後，便轉進了一條更窄的小路，那小路上全是灌木，車子是硬駛進去的，木蘭花向前看去，看不到有什麼屋子。

木蘭花的心中不禁十分疑惑，因為如果不是這裡的附近有著黑手黨東方支部的另一巢穴的話，怎會有那麼多的槍手？

沒多久，木蘭花心中的疑惑，立時就有了答案。

車子在一個大土墩之前停了下來，土墩的一半突然移了開來，現出了一扇鐵門，鐵門也立時打開，又有五六名槍手走了出來。

朱英也立即走過來，他替木蘭花打開了門，道：「我們明天就送輪椅來，現在，只好請蘭花小姐幫忙一下，抱一抱安妮。」

木蘭花將安妮留在車上，出了車子。

她向那扇鐵門望了一眼，道：「這地方真夠隱蔽啊，你們花了不少心血才建築成功吧，為什麼不將我們的眼蒙住？」

朱英笑著道：「是啊，我們費了七年光陰，才造成這秘密所在，但正如你所說，整個東方支部都已暴露了，又何必在乎這裡？請進！」

木蘭花抱著安妮走了進去，她一面走進去，一面道：「你倒真捨得，這裡地方不錯啊，通風設備是第一流的，設計得真好！」

聽木蘭花的語氣，在不明究理的人而言，木蘭花就像是一個被邀請來參觀的人一樣。這時，他們是走在一條長約一百呎的走廊之中。

那走廊的上半部成圓拱形，燈光隱藏在中間，是一條直線，整個走廊都是用黑色而略帶閃光的雲石鋪成的，顯得特別神秘。

看來，整個秘密所在，好像就是這一條走廊，但是，木蘭花卻已注意到，在走廊的兩旁有著不少的暗門。

朱英在走到走廊的一半時站住，揮了揮手。

在他們的左道，一扇暗門打了開來，木蘭花首先看到一座很精緻的屏風，在屏風之內，是一間佈置得十分華麗的套房。

木蘭花一踏進去，就笑了起來，道：「真不錯，像是第一流酒店的套房，房租多少？」

朱英也笑了起來，道：「完全免費，這裡有一切現代化的設備，包括十二具偷聽器，和七支電視攝像管在內，蘭花小姐。」

木蘭花笑道：「那些東西，我想，一小時之後一定會失效了，朱先生，我們當然是不能走出這扇門的了，是嗎？」

「不錯，你們需要什麼，可以通知我的手下，一切要求都可以得到滿足，不過這扇門再也不會打開，你要的東西，另有輸送孔送過來。」

木蘭花一點也不覺得什麼，她先將安妮放在一張沙發上，然後道：「麻煩你一件事，請將我目前的處境告訴高翔，再見！」

木蘭花揮著手，朱英向後退去。

在朱英向後退去之際，門外那幾個槍手仍然如臨大敵一樣，看來他們非等把門關上之後，是不會鬆一口氣的，而「砰」地一聲，門才關上，木蘭花便已向著一個角落做出了一個手槍瞄準的姿勢，一直走了過去，順手揮起了一張椅子。

那張椅子擊在一幅瓷像上，瓷像破裂，現出了一具電視攝像管來。

木蘭花拉下了那副電視攝像管，說道：「對不起！」

木蘭花曾預言一小時之內，房間內所有的偷聽器和電視攝像管都將失效，她的預言沒有錯，但是朱英卻是一個典型的老狐狸。

他曾說，房內有十二具偷聽器和七支電視攝像管，但是實際上的數字是十六具，全部給木蘭花找出來，加以破壞。

這樣一來，整間房間的裝飾自然就破壞了不少，但是木蘭花卻可以舒舒服服在沙發上躺了下來，她伸了一個懶腰，道：「安妮，我們可以趁此機會好好的休息一下，或者你會感到難以打發時光，你可以想到做什麼消遣？消遣的東西，可以叫他們送來！」

自從進了這間房間之後，木蘭花一直忙碌著，而安妮卻一句話也沒有說過，等到木蘭花那樣問她時，她實在忍不住了！

她的淚水奪眶而出，道：「蘭花姐，是我不小心誤了事，你何必來陪我，你來了，他們還怕什麼？他們更可以為所欲為了！」

木蘭花笑著，道：「別說這些了，安妮，我們不妨再來好好想一想，那東西究竟是什麼寶物，黑手黨竟不惜一切代價要得到它！」

那個問題，的確是安妮極感興趣的，她在又哭了一會兒之後，便漸漸止住了哭聲，和木蘭花討論起這個難以有答案的問題來。

6 露出馬腳

她們兩個人想出了許多假設，然後，又否定了許多假設，最後，她們兩人都一致認為唯一的可能是：值錢的不是那件東西本身，而是有了這件東西之後，便可以導致這件東西的擁有者獲得一大筆空前巨大的財富！

她們兩人的猜想，自然也只好到此為止，因為她們無法再進一步猜想下去。

在這個大前提之下，最大的可能自然還有好幾個，例如那筆巨大的財富，是一筆久無人過問的巨額存款，或者是一個十分驚人的寶藏，以及它也可能是許多有價值的古物。

她們討論了足有三小時，才聽得牆上傳來了一陣鈴聲，一幅油畫移開，現出了一個一呎半見方的洞來，自那洞中又伸出一塊板來。

在板上，放著十分精美的食物，香味撲鼻。

木蘭花連忙走向前去，將整個盤子端了起來，深深嗅了一下，道：「唔，看來這裡的廚子是第一流的！」

在那孔穴之上，立時傳來了一個聲音，道：「很高興你喜歡這裡的食物，蘭花小姐，你還要些什麼，只管吩咐我們，我們奉命照辦。」

木蘭花想了一想，道：「在我的家中——」

「對不起，」那聲音立時打斷了木蘭花的話頭。「我們不到你家中去取東西，你要的東西，我們會替你在外面辦來的。」

木蘭花道：「也好，我要一瓶酒，中國的高粱酒，要最烈的，沒有事情做，喝烈酒自然是最好的了，另外，還要幾包煙。」

「可以，我們完全照辦！」

那塊木板縮回去，油畫也移上。

安妮在聽得木蘭花既要烈酒，又要香煙的時候，奇怪得張大了口，油畫一移上，她立時問道：「蘭花姐，你要的酒——」

木蘭花來到了安妮的身前，低聲道：「我另有用處！」

她說了一句之後，立時又轉身開去，將食物端到了安妮的面前，道：「來，這裡的食物不錯，我們可以慢慢來享用。」

安妮拿起了筷子，但是她立即嘆了一聲，道：「蘭花姐，你是真的一點兒也不難過，還是完全裝出來的高興？」

木蘭花望了安妮片刻，反問道：「安妮，如果我們難過、憤怒，那我們是不是可以脫身呢？」

「當然不能！」安妮回答。

「是啊，」木蘭花挾了一段龍蝦送入口中，「所以，難過和著急既然沒有用，還不如輕鬆一些，可以慢慢地來想辦法。」

安妮又呆了一會兒，才笑了起來，道：「你說得對，我們可以慢慢來想辦法，我已經知道你要酒和煙有什麼用了，蘭花姐，你要煙的目的，是想要有火。」

木蘭花微笑著道：「對。」

安妮壓低了聲音，道：「放火？」

木蘭花道：「我還沒有具體的辦法，但是有了放火的工具在，總是好的，我還會慢慢地要一些別的東西，我估計我們在這裡，至少要四十八小時！」

安妮道：「如果我們逃不出去了，他們也會放人？」

「我想會的，但是我們一定不能要他們放人才離開，要不然，我們豈不是捉也由人，放也由人了？那有那麼好，是不是？」

「當然是！」安妮大聲回答，可是她立時苦笑了一下，道：「最恨我連動也不能動，不但不能幫你，而且還成為你的負累。」

「你可以幫我動腦筋！」木蘭花安慰著她，「現在你吃飯，吃完飯之後，你就幫我想，火有什麼用處，是不是可以幫我們逃出去！」

安妮點了點頭，她也不再難過了，她們兩人相對進食，好像就像是在家中一樣。

高翔是在回到了警局之後一小時，接到了朱英的電話的，當朱英告訴他，木蘭花已和安妮在一起，全在他的拘留中時，高翔對著電話，大聲吼叫了起來。

但是，朱英立時掛斷了電話。

高翔呆了半晌，他立時決定，要通知穆秀珍。

可是，當他開始撥動電話號碼時，他立時又想起了木蘭花的話，木蘭花曾說，不要去妨礙穆秀珍，讓他們去過正常人的生活。

高翔嘆了一聲，放下了電話。

他在辦公室中來回走著，他想到，朱英敢這樣通知他，那自然是不會再回紅雲大廈頂樓去的了。何況現在找到朱英，也已一點用處都沒有了！

要緊的是找到木蘭花和安妮！可是，高翔卻一點頭緒也沒有！

他想了好一會兒，才對檔案室下了一個命令，要檔案室將所有有關黑手黨東方支部的資料全部拿來，高翔一夜未睡，研究著這些資料。

高翔經過了一夜研究，發現黑手黨東方支部在本市的活動十分之少，除了紅雲大廈之外，可以說完全沒有別的線索。

高翔闔上了所有的文件夾之際，陽光已然射進了他的辦公室，高翔揉了揉眼睛，嘆了一聲，在桌上伏了下來，不久就睡著了。

高翔睡了並沒有多久，他只睡了一兩個小時就醒了過來，他離開了辦公室，但是一直到下午，他都未曾找到朱英。

高翔在下午回到了警局，他精神的頹喪是難以形容的，他知道朱英雖然準備犧牲黑手黨的東方支部，但是也不致於害木蘭花和安妮。

等到他們將那東西運到了歐洲之後，他們一定會放人的，然而，如果等他們將木蘭花和安妮放出來，本市警方的名譽和木蘭花的名譽都會一落千丈！

高翔已派了不少幹練的探員，在紅雲大廈的附近隱伏著，只要朱英一出現，高翔就會得到通知，而探員就會開始跟蹤。

但是，時間慢慢地過去，高翔一直等到下午四時，才突然接到了一個在紅雲大廈前隱伏的探員的無線電通訊，那探員道：「我在第六號公路上，我在跟蹤朱英，他正往郊區去。」

高翔立時衝出了辦公室，他駕駛一輛外表看來十分殘舊的汽車，在十分鐘之後，便轉進了六十號公路，而在那十分鐘之內，他一直和那探員保持著連絡。

聯絡的突然中斷，是在高翔來到了公路之後五分鐘的事，又過了三分鐘，高翔看到了那探員，但是那探員已不能再向高翔提供任何消息了！

看來，像是一件普通的交通事故，那探員的車子撞向路邊的岩石，車頭毀壞不堪，那探員還在車內，但是誰都可以知道，他已經死了，已有不少人聚集在車旁。

高翔從車中出來，直趨車前，趕開了看熱鬧的人，那探員死得十分慘，駕駛盤壓在他的胸前，而車中的無線電通話器卻沒有損壞，在發出「嘟嘟」聲。

可見那位探員是正在報告高翔他跟蹤的情形下遇害的，高翔自然不相信那是探員自己撞車，因為車子的車頭，兩邊都毀壞不堪！

從那種情形看來，分明是他的車子先被別的車子撞了一下，而後再撞向山邊的岩石的，闖禍的車子，極可能就是被追蹤的車子！

高翔緊緊地握著拳，在他到達之後不久，一輛警車趕到現場，高翔只向那警官交代了幾句話，就回到了自己的車子中。

當他將雙手放在駕駛盤上時，他並沒有立時發動車子，而是使得他亂成一片的腦子靜了一靜，將一切的經過想了一想。

最後，高翔想到，被跟蹤的車子如果突然後退來撞那探員，探員一定可以有足夠的機警逃開去的，所以可以說，撞探員的是另一輛車子！

那另一輛車子，當然也受朱英的指揮，但朱英又不可能一離開紅雲大廈就知道有人跟蹤，他一定是知道了有人跟蹤之後，才派那輛車子前來的。

由此又可以推斷：這裡一定離朱英的巢穴不會太遠，因為那輛車子必須能夠迅速到達，和在發生事故之後迅速離去。

這兩點，如果和黑手黨東方支部的另一巢穴距離太遠，那是不適宜的。

高翔想到這裡，抬起頭來，四面眺望了一下。

他看到很多房子，但是估計最近的房子，只怕也在一哩之外！

那似乎都不合於高翔分析所得的結論，那麼，黑手黨東方支部的秘密巢穴在那裡呢？

高翔在呆呆地發怔，一位警官帶著一個個子瘦小的中年人，來到了他的車前，那警官道：「主任，這位李先生，他目擊車禍的發生！」

高翔正在苦苦思索著，眺望著距離最近的幾幢洋房，是以竟未曾聽得那警官講些什麼，直到那警官講了第二遍，他心中才陡然一動！

他打開了車門，走了出來，向那瘦小的中年人打量了一眼，那中年人從任何一個角度來看，都像是一個奉公守法的小職員。

高翔問道：「李先生，你——」

那中年人伸手指著停在路邊的一輛小車子，道：「這是我的車，我駛經這裡，剛好看到車禍的發生，唉，實在太可怕了。」

「請你將經過細說一下。」

「好的，」那中年人吞下了一口水，「我看到出事的車子，當時好像正在追逐另一輛車，被追的那輛，是黑色的大房車！」

高翔點了點頭，那中年人說得不錯，那探員曾向高翔報告，朱英從紅雲大廈離去時，是乘搭一輛黑色的大房車離去的。

高翔問道：「然後呢？」

「那輛黑色大房車從我的車邊飛了過去，我剛好轉了轉駕駛盤，突然有一輛軍用大卡車追過了我的車頭，向前橫衝直撞地撞了過去，出事的車子立即閃避，但已避不開了，車頭撞了一下，立即又撞在岩石上，我連忙停車，嚇得手發抖，下不了車！」

那中年人一口氣講完了他所看到的情形，雙手又不自主發起抖來。

高翔皺著眉，道：「那麼，那輛軍用大卡車呢？」

「駛走了，我根本沒有機會看清它！」

高翔的雙眉蹙得更深，因為照那目擊者的敘述來說，他的論斷又有大大修正的必要了，他推斷那是黑手黨故意殺害的，然而，從目擊者的敘述之中，卻絕不能得出如上的結論，那只是一件意外！

高翔背負著手，慢慢踱步，走了開去。

那位警官一直跟在高翔的身後，在等候高翔的吩咐，高翔踱開了十來碼，陡地轉過頭來。

他才一轉過頭來，就看到那瘦小的中年人正目光灼灼地望著他，而高翔才一轉過頭去，一和他目光相接觸，那中年人立時又出現了一副恭謹的神態來，其間的變化，當真是百分之一秒那樣地短暫！

但即使是那樣短暫，也足以令得高翔的心中陡地一動！

他忙對那警官道：「你快和總部去聯絡，弄清楚一下，在這時候，是不是有軍車經過第六號公路，你只要向我報告有或沒有就可以了！」

那警官點著頭，立時走向警車。

高翔的心中本來實在亂得可以，簡直是一點頭緒也沒有，但這時，他卻在極度的黑暗之中，發現了一絲曙光！

那目擊者的神態太可疑了，為什麼他以那樣緊張的神態注視著他的背影？為什麼他要裝出一副那樣老實的樣子來？

為什麼他要來做目擊證人？

高翔只是略想了一想，就得到了一個合理的結論。

他的結論是：出事的地點，一定離對方的秘密巢穴實在太近了，對方怕自己在附近展開大規模的搜索，是以才派出這樣的一個「目擊證人」來。

那樣的一個「目擊證人」，可以使警方相信，那是一輛軍車闖的禍，和黑手黨無關，那麼，自然也不會想到黑手黨的秘密巢穴就在附近了！

高翔想到這裡，心中不禁冷笑了一下！

這樣的狡猾，自然是很聰明的，但是自以為聰明的人，往往很容易弄巧成拙，如果證明了在這時間內，並沒有軍車在執行任務……

高翔一面想，一面向那中年人走去。

他來到了那中年人的身前，那中午人用一種十分拘束的笑容來迎接他，道：

「我……可以走了麼？」

高翔道：「只要再等一會兒，先生，我們去調查一些事情，等那件事情弄清楚了之後，你就可以離去了。」

那中年人的眼睛轉動了一下，道：「去調查什麼？」

高翔笑了起來，道：「去調查一下，在你所說的時間之內，是不是有軍車執行任務，經過六號公路，先生，那是很容易查得出來的，不會耽擱你太多的時間！」

那中年人的面上變了色，他的聲音也跟著不自主地道：「先生，那是什麼意思？我是一個市民，我根本可以立即離去的！」

高翔輕描淡寫地道：「是啊，可是你卻沒有離去，留下來做警方需要的目擊證人，那證明你是一個守法的好市民！」

「可是，你卻不相信我的話！」那中年人憤然說。

高翔笑著道：「你何必那麼緊張？我有說不相信你的話麼？我只是說去調查一下，撞了車不顧而去的軍車，警方也有責任調查的！」

那中年人立時張大了口，說不出話來。

高翔凝視著他，在高翔的目光之下，他更現出十分侷促不安的神色來。

高翔忽然又笑了起來，道：「先生，看你的樣子，不像是一個目擊證人，倒像是一個正在接受審判的犯人！」

高翔特別在「犯人」兩字上，加重了語氣。那中年人又陡地震動了一下。

高翔望向公路，像是不在對那中年人說話，但是他講話的態度，足可以令那中年人聽得到，他道：「如果，犯人肯和警方合作的話，總是有好處的。」

那中年人的神態，尷尬到了極點。

就在這時，那警官已大踏步地向高翔走了過來，高翔又笑道：「軍部的調查結果來了，先生，你是決定——」

那中年人不等高翔講完，便發出了一下驚呼，轉身便逃，然而高翔早已有了準備，倏地轉身，一伸手，便已抓住了那中年人的手臂。

那中年人面如菜色，而高翔的神情卻十分輕鬆。

高翔道：「咦，目擊證人怎麼逃走了？」

那中年人張大了口，只是喘著氣，過了好一會兒，他才道：「我……沒有露出什麼破綻，我真的沒露出什麼破綻來。」

「是的，」高翔回答，「但是你卻太聰明了，或者說，是派你來的人太聰明了，是以才露出馬腳來的，我想這裡離你們的秘密巢穴一定很近了？」

剛才，那中年人面如土色，而聽到高翔講出了那句話，土色之上更轉上了白色，他面色變得和死灰差不了多少。

高翔一字一頓，沉聲道：「我不妨告訴你，黑手黨的東方支部已面臨被摧毀的命運，警方已決定全力對付，我想你也知道紅雲大廈頂樓支部活動停止的事？」

紅雲大廈頂樓的支部停止活動，那也只是高翔的猜測之詞，因為他猜想到，朱英在扣押了木蘭花和安妮之後，一定不敢再公然活動了。

果然，高翔料中了，那中年人不由自主點了點頭。

高翔冷笑了兩聲，道：「所有的黨徒都會就擒，但是你如果肯和警方合作，倒可以作為例外。你可以成為警方的證人！」

「我……不做警方的證人……」那中年人說。

「由得你喜歡，你不願公開露面，警方可以安排你離開本市，保證你的安全，你還可以得到一筆相當數字的獎金，隨你選擇你想去的地方！」

那中年人的眼珠不斷轉動著，高翔又道：「我給你一分鐘的時間考慮！」

那中年人立即道：「好了，可是，我不能帶你去。」

「你將地點講給我聽，也是一樣。」

那中年人的手向前指了一指，道：「向前去，有一條支路，斜斜的通向一個小山崗，在山崗的灌木叢之中，有一個土墩，土墩下有一座十分完善的地下室。」

高翔循那中年人所指的地方看去，那條支路，離車子出事的地點不會超過半哩！因此可知高翔一開始時的估計是正確的。

高翔直到這時才回過頭去看那警官，那警官也直到這時才有機會講話，他道：「高主任，軍部的答覆是有的，有軍車在這裡經過！」

高翔呆了一呆，轉頭向那中年人看去。

他實在忍不住「哈哈」大笑了起來。

那中年人苦笑著，高翔在他的肩頭上拍了拍，道：「你從現在起，就受到警方的保護了！」

那警官帶著中年人一起上了警車，救傷車也早來了，殉難的探員已從車中被抬了出來，高翔來到了他的屍體之旁，默默靜立。

然後，高翔慢慢向前走去，他在走了一兩百碼之後，便走進路旁的樹叢之中，灌木叢十分濃密，高翔在樹叢中向前走著。

他並不是走到那條小路口，而是向山坡上走去，從樹叢中直接來到了那山坡上，他伏著身子，抬頭看去，已經可以看到在山坡上有一個土墩。

那土墩上長滿了草和野花，如果不是有人說了，要想到在那個土墩之下，竟然有著完善設備的地下室，那簡直是不可能的事！

高翔緩緩地吸了一口氣，他已可以肯定安妮和木蘭花一定是在這個秘密所在之中了！而他又不能調集太多的人來包圍這裡，因為木蘭花還在他們的手中。

他只好一個人見機行事！

他在樹叢中伏了片刻，不見有什麼動靜，才又漸漸向前逼近去。

這時，已然是黃昏時分了，暮色籠罩，對高翔來說，行動倒增加了不少方便。

高翔一直來到了離那土墩只不過十來碼的樹叢中，才停了下來，他正在想著，自己該採取什麼樣的行動。

而幾乎就在他剛一停來，思索著該採取什麼行動之際，那土墩之上突然起了變化，土墩的一截突然移了開來，現出了一扇鐵門。

接著，鐵門打開。

而鐵門開處，並不是有什麼人走出來，卻見一股濃煙直冒了出來，隨著濃煙冒出來的，則是一陣喧騰震耳的人聲！

高翔看到了這種情形，也不禁陡地一呆！

土墩上出現了鐵門，毫無疑問，那證明了土墩之下是完善的地下室，而如今有濃煙冒出，自然是地下室中出了意外。

高翔第一件所想到的事，便是木蘭花和安妮怎麼樣了。

她們兩人正被扣留在地下室中，若是地下室有了意外，那麼她們是不是能逃避呢？

高翔只為木蘭花和安妮著急，可是他卻再也想不到，自鐵門中冒出來的那股濃煙，根本就是木蘭花和安妮製造出來的！

木蘭花叫安妮想，如何利用到手的烈酒和火柴，有了烈酒和火柴，可以輕而易舉地引起一場大火，那是小孩子都做得到的事。

但是，難題卻在於，她們被關在一間房間內，如果火燒了起來，首先遭殃的是她們自己！她們自然不會蠢到放火來燒自己！

所以，安妮咬著指甲不斷地想著，如何可以使火燒起來之後，不燒到她們，而又能引起混亂，那看來幾乎是不可能的事。

安妮不斷地咬著指甲，木蘭花則只是安靜地坐著。

過了兩小時，鈴聲又響，那幅油畫移開，牆洞中木板伸出，一大瓶高粱酒、幾包香煙和火柴已放在木板上，木蘭花立時一躍而起，將一切東西全部接了過來。

「謝謝了！」木蘭花大聲說著。

等到油畫又移回原位之後，木蘭花搖著那瓶酒，道：「安妮，你知道，世界上最烈的酒，就是中國的高粱酒，它的酒精含量可以高達百分之九十八，這一瓶，我看百分之八十是酒精！」

木蘭花拔出了瓶塞，取過了一個煙灰碟，將酒倒在煙灰碟中，然後，她劃著了火柴。

當火頭點向前去之際，一下輕微的「轟」地一聲過處，煙灰碟中，立時騰起了一蓬藍殷殷的火焰來，不斷地燃燒著，等到兩分鐘之後，火焰熄滅，碟中也沒有什麼液體剩下了！

木蘭花笑道：「好酒！」

安妮也不禁笑了起來，木蘭花稱讚那是好酒，竟不是為了嘗到了酒味的香醇，而只是因為酒精的燃燒，世上大概再也沒有第二個人對酒是抱著這種態度的了。

但是，安妮卻立時又蹙起了雙眉！

酒雖然是「好酒」，可是如何利用這「好酒」，她卻還未曾想出辦法來！

木蘭花的心思也和安妮一樣，她坐了下來，一聲不出。

時間慢慢過去，第二餐飯又送來了。

安妮望著那牆洞，突然道：「蘭花姐，我想到了，我們放火燒那牆洞，讓火從洞中竄上去，那樣，我們就可以沒有事了。」

「我想過了，」木蘭花將食物取下，「但那是沒有用的，只不過燒壞一點東西而已，並不能幫助我們從這裡逃出去。」

安妮咬著指甲，點著頭，又長嘆了一聲。

木蘭花安慰著她，道：「慢慢來，我們一定可想出辦法來的。只要我們到了一個地方，可以在整間房間都著火的時候不致被波及，那就可以了！」

安妮苦笑著，道：「有那樣的地方嗎？除非我們有著傳說中的避火珠，或者，現在向他們要求，要兩套石棉防火衣來！」

木蘭花微笑著，道：「先吃飯！吃完飯後，休息一會兒，現在我和你都太疲倦了，任何人在疲倦中，都是動不出腦筋來的。」

安妮不再出聲，只是默默地吃著飯。

7 消失的古城

飯後，木蘭花真的倒在沙發上睡著了，安妮先是望著木蘭花，後來，她也感到疲倦所以也睡著了。

她們大約睡了幾個小時，木蘭花先醒過來，她仍然躺著，望著天花板，然後，她伸了一個懶腰，深深地吸了一口氣。

雖然房間中根本沒有任何窗子，但是木蘭花吸到的空氣卻十分清新，那是她一走進地道時就有的感覺，她當時就曾說了一句話：「通風設備真不錯！」

木蘭花本來只是在隨便想著的，可是一想到「通風設備」，她心中陡地一動，通風設備！木蘭花立時欠身坐了起來。

在那樣的地下室之中，通風設備也包括了兩個系統，一個是抽氣系統，將污濁的空氣抽出去，而另一個則是新鮮空氣的輸送系統，將新鮮空氣輸進來。

木蘭花仰著頭，她也立即看到，其實她是早已看到，不過這時才特別加以注意而已，在天花板處，一左一右，有兩個濾塵的大氣孔。

那兩個大氣孔，每一個都有一呎高，兩呎寬，要分別它們之中哪一個是入氣的，哪一個是出氣的，那是非常容易的事，而兩個同樣大小的空間，也勉強可以塞入一個人。

如果她和安妮躲在新鮮空氣輸入的孔道之中，那麼，就有一股新鮮空氣不斷在她們的身邊流過，向外面流去，那不就是說，不論房間中的火燃燒得多麼烈，她們都可以不被波及，因為氣流會將空氣帶給她們，使濃煙不能侵入！

木蘭花已解開了最困難的一個結！

木蘭花去叫醒了安妮。

安妮揉著眼睛，木蘭花道：「安妮，我想到了，我們可以利用這裡的通風設備來逃開火焰！」

安妮先是呆了一呆，但是，她立即明白木蘭花在指什麼了，她說道：「蘭花姐，你是說，我們可以躲進通氣道之中？」

「是的，在那裡，我們是安全的。當然，為了以防萬一起見，我們還可以作一些準備，我們要預備一條濕毛巾，以防萬一濃煙來襲時，還可以保持呼吸。」

安妮興奮得撐起了身子來，道：「通氣孔在那裡？蘭花姐，我爬得上去嗎？」

木蘭花道：「你擔心這些幹什麼？我自然會抱你上去的！」

木蘭花說，一面向一個氣孔走了過去，她搬過了一張椅子，站了上去，伸手在那氣孔上探了一探，然後，用力拉下了通氣孔的濾塵網。

她轉過頭來，道：「安妮，就是這裡了，你先爬進去。」

木蘭花跳下了椅子，拉過了桌子，將椅子再放在桌子之上，然後，她拉著安妮攀了上去。

當她站在椅子上時，她已可以輕而易舉地將安妮送進那通氣孔道了。通氣孔道的風很強勁，吹得安妮的頭髮亂成了一團，她雙手撐著，慢慢地向前爬著。

木蘭花又跳了下來，用一大塊布將抽氣孔堵住，然後，她帶著那瓶酒和火柴又上了椅子。她將兩瓶酒全倒在一張沙發上，劃著了火柴，拋了下去。

火頭立時被點著，然後燒了起來，木蘭花迅速地攀進了通氣孔中，在窄窄的通氣孔中，她用了很多時間，轉了一個身。

當她轉到了頭向外的時候，火頭已經很猛烈了，許多傢俱都著了火，濃煙一團一團地冒了出來，因抽氣孔道被堵住，是以濃煙在屋內翻翻滾滾。

然而，在輸氣孔的幾呎範圍之內，卻是一點煙也沒有，煙被輸氣孔中吹出的新鮮空氣吹散了，她可以清楚地看到房間中濃煙滾滾的情形。

安妮在木蘭花的身後，她可以隱約聽到烈火燃燒的聲音，卻看不到外面的情形，是以她連聲問道：「蘭花姐，怎麼樣了？」

木蘭花回答道：「情形很好，我想濃煙一定會從門縫中冒出去，他們會打開門來查看究竟的，那時，我們就有機可乘了！」

火勢在房間中蔓延著，還不到十五分鐘，木蘭花也看不清房間中的情形了，因為屋中的一切都已著火，煙濃得像是一大團烏雲一樣。

也就在此時，木蘭花聽到了一陣嘈雜的人聲和腳步聲，接著，突如其來地人聲和腳步聲都提高了好幾倍，木蘭花知道，這一定是房門已被打開了！

她聽到了許多人劇烈咳的聲音，這是毫無疑問的事，房門一打開，自然會濃煙疾撲而出，接著，又聽見幾個人驚呼著。

她聽到有人在急叫道：「木蘭花，你在搞什麼鬼？」

那人一面叫，一定也在劇咳著。

出乎木蘭花意料之外的是，她還聽到了朱英的聲音，朱英的聲音十分惱怒，他在吼叫著，道：「快打開所有的通風設備！」

有人在回答他，道：「已經打開了，可是不行，煙太濃了。」

朱英在連續咆哮著，道：「那就將門打開！」

木蘭花雖然只是聽到聲音，而看不到外面的情形，但是她也可想而知，濃煙一定已瀰漫在整個走廊之中，是以朱英才不得不命令將鐵門打開，放煙出去。

她們的機會來了！

木蘭花低聲道：「安妮，用濕毛巾將口鼻包起來！」

她一面叫安妮用濕毛巾將口鼻包起來，一面自己也包好了濕毛巾，如果這時，只是她一個人的話，那麼事情就簡單得多了！

她可以立時跳下來，冒著濃煙，向外逃出去，但這時候，她必須照顧安妮。

她包好了毛巾，悶聲道：「安妮，拉住我的腳，到你上半身出了通氣孔時就放開我，然後，你要勉力向下跳來，我會在下面接你。」

安妮答應著，木蘭花向外爬去，她爬出了輸氣孔，身子一縮，便向下跳去。

房間中的火勢雖十分熾烈，木蘭花一跳下去，便飛快地踢開了各樣在著火的東西。安妮也在此時跳出通氣孔，向下跳了下來，木蘭花將她抱住，立時又將她放在背上。

這時，她們兩人的頭髮，都被火逼得「吱吱」作響，木蘭花一背起了安妮，立時便向門外衝去。

她們兩個人全在濃煙的包圍之中，木蘭花也根本看不清眼前的情形，只不過憑著記憶中的方向，向前衝出去，濕毛巾使她們的呼吸暫時不發生問題。

一衝到了門口，木蘭花便幾乎和一個人撞了一個滿懷，木蘭花的反應十分快，她和那人同時窒了一窒，但木蘭花卻搶先出手。

木蘭花手起掌落，一掌向著那人的頭部砍了下去。

那人的身子立時軟了下去，木蘭花扶起了他，立時在那人的腰際，找到了一把手槍，她將那被她擊昏的人用力向前推去。

當她將那人向前推動之際，她聽得前面有人罵道：「他媽的，別亂撞好不好？首領吩咐了，誰也不准出去，只讓濃煙散去！」

木蘭花雖然背著安妮，可是她的動作仍然快捷，突然又衝到了那在講話的人面前，那人的身形才一從濃煙中冒了出來，木蘭花的槍柄已向準那人的太陽穴猛地擊了過去。

這時，地下甬道的鐵門一定已被打開了，木蘭花身在濃煙之中可以想到這一點，因為她身邊的濃煙，像潮水一樣向前流去。

濃煙滾出的方向就是甬道，木蘭花的雙眼雖然被濃煙刺激得淚水直流，但是她仍然張大眼，向前面快步奔了出去。

甬道並沒多長，木蘭花很快就看到了光亮，在光亮處，她也看到了五六個人，木蘭花手指扳動槍機，連發了三槍！

那三槍，全是射向門口那幾個人的腿部的，她發槍雖快，槍無虛發，已有三個人中槍倒地，還是有兩三個人向外搶奔了出去。

木蘭花幾乎是和他們一起衝了出去的。

一到了土墩的外面，木蘭花看清了那兩三個人是什麼人，那兩三個人也看清了木蘭花，而朱英正在那三個人之中！

只聽得朱英首先怒吼了一聲，另外兩人立時揚起了手中的手提機槍，可是那兩個人根本沒有發射的機會，槍聲又響了！

槍聲連續兩響，那兩名槍手全是右手手腕中槍，他們手中的手提機槍，也立時跌到了地上，只有一等一的神槍手，才能那樣擊傷敵人！

木蘭花立時衝到了朱英的身前，手中的槍已抵住了朱英的胸口，將朱英逼得退了幾步，高翔在那時也一躍而起，在朱英的身後，一伸手箍住了朱英的頸子，木蘭花立時轉到了高翔的身邊。

木蘭花和高翔兩人只是互望了一眼，並沒有多說什麼，因為在那樣的情形下，任何的話都變得是多餘的！

在土墩中，二百多人衝了出來。

可是那些人一衝出來之後，看到朱英已被制住，他們盡皆一呆，朱英也忙搖著手，道：「別開槍，別開槍！」

高翔拖著朱英，慢慢後退，沉聲道：「吩咐他們不要逼過來，朱英，你的罪名雖然不輕，但還不致於死，但若是亂動，那就難說了！」

朱英忙道：「是！是！你們別動，別過來！」

高翔拖著朱英，木蘭花負著安妮迅速後退，看來，她們已可以脫險了！

在土墩前的黑手黨徒，沒有一個敢逼近來，木蘭花鬆了一口氣，直到這時，她才道：「高翔，多虧你在緊要關頭出現！」

「蘭花，」高翔的神情十分激動，「如果不是你自己先衝了出來，我也是一點辦法也沒有！」

「高翔哥哥，」安妮高興得直流眼淚，「你是怎麼找到這裡來的？你知道我們是用什麼方法衝出來的，我們放了　把火！」

高翔並不知道木蘭花和安妮脫險的詳細經過，但是她們是靠著起火才逃出來的，這一點高翔卻早已知道，因為秘道的門一打開，首先衝出來的是滾滾濃煙！

他們三人興高采烈地說著，被高翔箍住了頸的朱英，面色卻極其難看，他的喉間發出一陣奇異的聲音來，好像是他也想講話。但是，高翔箍住了他的頸的手臂強而有力，令得朱英根本不能講話。

高翔冷笑著道：「朱先生有什麼話，到警局去說不遲！」

他們三人，一直退到了公路上。

不多久，一輛警方的巡邏車經過，將他們帶回去警局。

到了警局之後，一進高翔的辦公室，安妮就歡呼了起來，道：「我的枴杖！快，快將我的枴杖遞給我！」

一個警官忙將安妮的那副枴杖遞了給她，安妮接過了枴杖，站了起來，她長長地吁了一口氣，道：「好了，我總算又能走動了！」

木蘭花在一張椅子上坐了下來，高翔坐到了他的辦公桌後面，兩個警官監視著朱英，朱英那時的神色倒顯得很安詳。

高翔望了朱英片刻，才道：「請坐！」

朱英略呆了一呆，才走出了兩步，在椅上坐了下來。

高翔道：「你還有什麼話說？」

朱英竟然笑了一下，道：「沒有什麼好說的了，我的罪名不會太重，所有的證據、文件，在我被捕之後全會銷毀，而我又有幾個能幹律師！」

高翔冷冷地道：「只怕為你辯護的律師再能幹，也洗刷不了你主使謀殺警方人員的罪名，朱英，你太鎮定了，那是因為你不知內情！」

高翔繼續道：「你用車撞擊警方人員跟蹤你的車子，導致一名探員死亡，你又派了一個假目擊證人，說那是一輛軍車所造成的車禍！」

隨著高翔的說話，朱英的臉色變得更難看。

他緊握著拳，喃喃地罵著道：「這賊種，他竟出賣了我！」但是，他立即又抬起了頭來，道：「可是你仍然沒有充分的證據！」

「你等著，」高翔的聲音硬得像鐵，「我會有足夠的證據將你送上電椅的，那件古物呢，你到了現在，還不肯交還出來麼？」

朱英的面色雖然蒼白，但是他居然還笑著，這證明他的確是一個老奸巨滑的犯罪分子，他攤了攤手，道：「這一次，我真的無能為力了！」

高翔喝道：「你又在弄什麼花樣？」

「不是弄什麼花樣，你們想想，那東西還會在這裡麼？早就到歐洲去了。」朱英說：「現在，只怕已快到了目的地了！」

木蘭花直到這時才開了口，她的聲音很平淡，她道：「朱先生，你信不信？即使你們將那東西送到南極去了，我也要將它追回來！」

朱英呆了半晌，才道：「我相信，但是我勸你別去試，蘭花小姐，在歐洲，和在本市不同，我看你是很難撿到什麼便宜的。」

木蘭花立時針鋒相對地道：「我不是去撿便宜。我是去要回我自己的東西，如果你以為你們花了那麼大的代價將東西搶去了，那就是你們的，那你就錯了！」

朱英閉著口，不再出聲。

木蘭花又緩緩地道：「朱英，現在擺在你面前的有兩條路，第一，你要那東西究竟有什麼用途，為什麼你們一定要得到它的經過說出來！」

朱英呆呆地坐著，一點反應也沒有。

木蘭花停頓了幾秒鐘，便續道：「第二，警方已對你所領導下的黑手黨東方支部，展開了大圍捕，恐怕沒有什麼人能夠漏網！」

木蘭花講到這裡，又停了一停。

朱英仍然一點反應也沒有，只是木然坐著。

木蘭花突然笑了起來，道：「但是我卻知道，有一個人可以是例外，他能夠漏網，朱英，這個人，就是你！」

木蘭花這句話一出口，不但朱英突然一震，連安妮和高翔兩人也突然睜大了眼睛，不知道木蘭花那樣說，是什麼意思。

而木蘭花本人卻並沒有賣什麼關子，她立即揭開了這句話的謎底，她續道：「警方會釋放你，公開的理由不宣佈，但是很快，所有犯罪組織中的人，都會知道你之所以不被警方起訴，是因為你將黑手黨東方支部的資料，早已供給了警方！」

朱英一直在笑著，而且，他這種笑容也絕不是裝出來的，而是他心中有恃無恐的表示，他好像胸有成竹一樣。

但是，木蘭花會講出那樣的話來，卻是朱英萬萬料想不到的，是以剎那之間，笑容自他的臉上消失了，他有點神經質地揮著手。

然後，他用一種充滿了恐懼的聲音道：「蘭花小姐，別……別開那樣的玩笑！」

當木蘭花講出了那一番話，高翔和安妮也全都明白木蘭花的意思了，是以，他們三個人一起大聲笑了起來。

木蘭花的辦法，真是最好的辦法！警方如果對朱英起訴，那麼，黑手黨會替朱英聘請最好的律師來辯護，除非警方能夠有完善的、無懈可擊的證據，不然，是難以入罪的。

但如果警方根本不對朱英採取任何行動，而又如木蘭花所說的那樣，將東方支部的破獲歸功於朱英的告密，那情形就不相同了！

在那樣的情形下，朱英便成了叛徒，而黑手黨處理叛徒的方法之殘酷，是舉世皆知的。

朱英在黑手黨中的地位已十分高，他是黑手黨東方支部的負責人，他自然不會不知道，被總部當作叛徒之後，他會遭到什麼樣的待遇，是以剎那之間，他的笑容消失了，手也發起抖來。

高翔、木蘭花和安妮三人，足足笑了有一分鐘之久！

然後，高翔才一拍桌子站了起來。

他向站在朱英身後的兩個警官揮了揮手，道：「行了，朱先生已沒事了，帶他出警局去，他是一個警方的好朋友，別難為他！」

那兩個警官立時答應著。

朱英站了起來，雙手亂搖，他張大了口，可是一時之間，卻一句話也講不出來，高翔笑道：「你何必急成那個樣子？」

朱英突然嚷叫起來，道：「這樣太卑劣了！」

木蘭花笑著，道：「對付你這樣的人，只好那樣！」

朱英急速地喘著氣，然後他道：「好，我投降了，但是我必須先說，對那東西，我知道的情形也不能算是太多！」

「就你所知的說。」木蘭花道。

「那東西，和干地亞島在公元前兩千年一座陸沉了的城市有關，那城市，是干地亞島南岸的一個大城市，是當時愛琴文化的中心。」

木蘭花、安妮和高翔三人，全部呆住了！

他們曾對那磚頭一樣的東西究竟有什麼用處，作了種種的猜測，但是他們也決計想不到這一點上！

他們絕想不到，那東西，竟然和一座公元前兩千年，從陸地上消失了的城市有關，而如果根據那東西可以找到那失蹤的城市……

他們三人想到這裡，互望了一眼，心中都有一種難以形容的感覺，一座從陸地上沉到了海底的城市，而那座城市，當時又是愛琴文化的中心！

讀過歷史的人，誰都知道，愛琴文化是公元前兩千至三千年間，人類文化最發達的時代，其間幾乎有一千年之久根本沒有任何戰爭，今日歐洲文化，就是以古代的愛琴文化作為津梁的。

愛琴文化的消滅，是由於蠻族的侵略，但是歷史學家一直也在懷疑，同時還有巨大的天災發生，只不過沒有找到確切的證明而已。

但如今，那件古物竟和一座陸沉了的城市有關，那實在是一件天大的大事，自然，黑手黨著眼的，絕不是發掘到了那古城，可以使人類文化的發展作一個有系統的研究，而是著眼於那個被埋在海底，已有四千年之久古城中的財富。

從陸陸續續發掘出來和愛琴文化有關的遺物中看來，當時干地亞島上的居民和埃及人的通商貿易已經十分發達。而當時貿易的媒介是黃金和寶石！

可以想像得到，在這個愛琴文化中心的城市中，會有著多少黃金與寶石，難怪黑手黨可以一出手便是五十萬英鎊了！

因為如果黑手黨找到了那古城的話，那麼龐大的財富，足可以令得黑手黨從一個小國搞政變開始，建立一個龐大的黑手黨王國！

木蘭花、高翔和安妮三人，呆了好一會兒，才不約而同一起吸了一口氣，朱英忙道：「我已經說出來了，這就是我所知的。」

木蘭花道：「你所知的一定不止這些。」

朱英抹著額上的汗，道：「是的，那東西，是很久以前一個漁民在捕魚時網到的，據說當時一共有三塊，是連在一起的，但根本沒有人注意那是什麼，只不過因為當時那一網，網到了不少大魚，所以才被認為那東西可以帶來好運，才留下來的，另外兩塊，早已不知到什麼地方去了，這一塊，也一直到多年之後，才有一個考古專家發現，它上面的花紋文字是愛琴文化時期的特徵。」

朱英一口氣講到這裡，舔了舔唇。

一個警官倒了一杯水給他，朱英接過杯子來，一口氣將水喝完，才又道：「那已是很多年以後的事了，那東西已到了發現者兒子手中了，考古家想出錢買，但是那漁船船長不肯。後來，總部中的專家知道了這件事，總部中有一個專門部門，是研究各種寶藏的。」

「我知道，」木蘭花回答，「說下去。」

「經過好幾個專家的研究，認為那東西是一塊石頭，被當時的人鑿成長方形，當作磚頭使用，作堆疊城牆的用處的。」

高翔沉聲道：「就是那個陸沉了的城市？」

「他們認為是那樣。」

「哼，」安妮說：「那也沒有用處，這磚頭上又沒有刻著地圖，文字也不會指出那個陸沉了的城市所在的地點，有什麼用。」

朱英道：「這其中的情形，我也不是很詳細，我只知道如果有那塊磚頭在手，通過科學儀器的檢查，就可以確定它在海水浸蝕的年分，它被海水腐蝕的情形，從而斷定海流的方向，海水的溫度，海中生物生長的情形，那就可以，可以——」

朱英略頓了一頓，木蘭花已打斷了他的話頭，道：「那就可以確定這座消失了的古城所在的正確位置了，對不對？」

朱英連連點頭，道：「是！是！」

木蘭花雙眉緊蹙，道：「現在，那東西已在黑手黨的總部，專門研究古物的部門手中了？」

「應該是。」

「那部門在什麼地方？」木蘭花立即問。

自朱英額上滲出來的汗更加大滴，他連連抹著汗，四面看著，直到他看出自己完全處在劣勢之中，不說簡直不行，他才道：「在義大利威尼斯。」

「威尼斯的什麼地方？」

「我不知道，那我不知道了。」朱英急忙說著，「威尼斯！我只知道這一點，這個部門極其秘密，我的地位還未曾高到可以知道那兒的詳情！」

高翔和木蘭花互望了一眼，木蘭花微微點了點頭，高翔道：「好了，朱英。你暫時在拘留所中休息一會兒，你可以和你的律師聯絡。」

「高主任，」朱英忙道：「我剛才在這裡所講的一切，請你，請你——」

不等他講完，高翔已經道：「你放心，我們自然不會將你的話傳出去的，我想，你的罪也不會太重，你不必過分緊張！」

高翔揮了揮手，那兩個警官將朱英帶了出去。

朱英離開了之後，房間中靜了下來。

過了好久，安妮才道：「真想不到秀珍姐帶回來的那東西，看來那麼不起眼，原來關係竟那麼重大，蘭花姐，我們怎麼樣？」

木蘭花像是早已想定主意了，是以安妮一問，她幾乎未作任何考慮，就立時回答道：「我們？我們自然是到威尼斯去。」

「對！」高翔立時說道：「待我將工作交代一下——」

木蘭花笑了起來，道：「高翔，你是警方的高級人員，只為了一個市民失去了一件東西，你便可以放下職務去遠行麼？」

高翔呆了一呆，道：「可是那市民是你啊！」

「我和其他的市民，在享受警方的服務上，不應該有任何的分別，高翔，那是我的事，我和安妮兩個人去就可以了！」

高翔沒有再說什麼，他心中自然不同意木蘭花和安妮兩個人去，而不要他去，但是他也知道，木蘭花既然決定了，那就是決定了！

木蘭花又道：「我們明天就動身。」

高翔嘆了一聲，道：「可是，你一點線索也沒有！」

木蘭花笑了起來，道：「看來我已受黑手黨的注意，只要我一到威尼斯，不必我去找人家，人家就會來找我們的了。」

高翔握住了木蘭花的手，叮嚀道：「你可要小心！」

木蘭花微笑著，道：「自然，我會小心。」

高翔仍然不放心，他又道：「蘭花，剛才朱英講得對，到義大利，不比在本市，黑手黨的勢力十分龐大，連義大利的警方也不敢惹他們。」

木蘭花點著頭，道：「我知道，可是你也應該知道我的性格，越是困難的，看來幾乎是不可能的事，我就越有興趣！」

安妮也忙叫道：「我也是！」

高翔望了望木蘭花，又望了望安妮，嘆了一聲，道：「你們兩個人！」

安妮笑了起來，道：「高翔哥哥，你別說我們，你自己還不是一樣！」

高翔呆了一呆，安妮的話，倒是說進了他的心坎之中，是以他也沒有什麼話可說。

木蘭花道：「明天你不必來送我們，我會通知秀珍的，你別對秀珍說我們到歐洲去做什麼，我會找一個藉口，不然，她一定要跟著來的。」

高翔皺著眉，道：「那不怎麼好吧。」

木蘭花似笑非笑地望著高翔，道：「你讓我照我自己的意思去行事，好不好？」

高翔張了大口，想說什麼又沒有說出來。

木蘭花忙道：「高翔，我不是怪你！」

「我知道！」高翔只好那樣回答。

木蘭花和安妮向門口走去，高翔望著她們的背影，木蘭花的背影看來是如此苗條美麗，而安妮則十分纖細瘦弱。她們兩個看來實在一點也沒有什麼特別之處，可是她們卻有勇氣去和勢力龐大到遍佈全世界的黑手黨挑戰！

當她們走出了他的辦公室之際，高翔又不禁長嘆了一聲，他在辦公桌前坐了下來，想了一想，便立即吩咐秘書，準備和國際警方通話。

高翔自己不能和木蘭花一道去，他覺得至少也應該盡一些力，通知國際警方盡量幫助木蘭花，對事情總是有好處的！

早上的陽光極度明媚，當巨型的噴射機發出震撼人心的吼叫聲，漸漸飛高時，陽光似乎更加明媚，在白雲上反射出奪目的光芒來。

木蘭花和安妮一起在機艙中，她們的位置靠在一起，她們是搭乘飛機的頭等客位，頭等客位的搭客並不多，空中侍應生熱烈的服務，使安妮覺得有點不自在。

這時，飛機已起飛了，安妮總算靜了下來，她按鈕使窗簾拉上，閉上了眼睛，看來她像是在休息，其實她心中可緊張得很。

飛機剛起飛，離義大利還遠得很，但是安妮的心中已經夠緊張的了，她還是第一次單獨和木蘭花在一起，去做那樣的大事！

而且，在到了目的地後，她們所要面對的敵人，是舉世皆知的黑手黨，黑手黨絕不同於普通的犯罪組織，安妮的心中實是遏不住緊張。

木蘭花也閉著眼，她正在欣賞耳機中播送出來的美妙的身歷聲音樂，根本完全不去想此行的任務，她只是輕鬆地休息著。

在上機之前，她才在機場上和穆秀珍通了一個電話。

穆秀珍已知道了黑手黨東方支部被破獲的事，木蘭花並沒有和她多說什麼。木蘭花只是說，要帶著安妮到歐洲去走一走，看看是不是可以找到一所合適安妮就讀的學校。

木蘭花可以說絕未曾在穆秀珍前說過謊話，但是她這時瞞著穆秀珍卻完全是善意的，那是由於她對穆秀珍的愛護和關懷！

飛機越飛越高，已經越過了好幾層雲，安妮也拿起了耳機，優美的音樂令得她也感到鎮定了不少，漸漸地，她也睡著了。

木蘭花和安妮是先到達羅馬，然後再轉搭飛機到威尼斯的，當她們到達這個舉世聞名的水城時，正是天色薄暮時分。

木蘭花挽著安妮一起走出機場，她們才一出機場，安妮便已經低聲道：「蘭花姐，你看到沒有，有人在跟蹤我們！」

木蘭花也看到了，木蘭花是在走出機場大廈時，在機場大廈玻璃門的反影中看到的，跟在她們後面的，是兩個看來樣子十分普通的年輕人。

安妮講了之後，木蘭花便點了點頭，她們的腳步一邊慢了下來，而那兩個跟蹤者，反倒向前走了過來。

他們來到了木蘭花和安妮的身邊，其中一個將一份證件，遞到了木蘭花的身前，道：「我們是國際警方的人員。」

木蘭花笑了一下，道：「什麼意思？當我們是毒梟還是什麼？」

那兩位警官也笑了起來，道：「當然不是，貴市警方通知我們，說兩位要來，我想，我們有責任……幫助兩位的行動。」

木蘭花皺了皺眉，道：「多謝你們，我想，我們也不需要什麼幫助，我來，只不過是為了取回一件原來屬於我的東西而已。」

那兩位警官面上頗有訝異之色，道：「就是這樣？」

「是的，就是那樣。」木蘭花回答著。

兩個警官道：「那就很對不起，打擾了你。蘭花小姐，如果你有任何需要幫助之處，請你打這個電話，我們立時可以到達的。」

講話的那警官，拿出了一張卡片，給了木蘭花，卡片上面，印著一個電話號碼，木蘭花看了一看，就將卡片送還給了警官。

「我已記住了這個號碼，」木蘭花說：「謝謝你。」

那兩個警官向後退去，木蘭花和安妮走向前，來到了出租汽車站，當她們向司機說出了她們準備下榻的酒店名稱之後，司機便和她們滔滔不絕講起話來。

義大利人以熱情著名，義大利的出租車司機則以喜歡和顧客講話著名，安妮的義大利語說得很流利，她們交談得十分起勁。

8 迷陣考驗

車到了酒店，她們進了華麗的酒店套房，從露臺上向下看去，可以看到構成威尼斯美妙景色的河水，夜色已經降臨，綴著各種綵燈的船，在水上緩緩蕩漾，伴隨著六絃琴的聲音和歌聲，真是美到了極點。

她們下榻的酒店，是威尼斯最豪華的一家，木蘭花因為希望她們的行蹤特別受人注意，是以才在這家酒店下榻的。

她們略微休息了一會兒，就盛裝到餐廳裡去進晚餐，那餐廳大約可以容納五百人，可是當木蘭花一走進去，五百人的目光便一起集中在木蘭花的身上。

木蘭花穿著充滿了東方色彩的衣服，她的美麗、高貴、雍容、大方，令所有的人，不論男女老幼看到了她，都會不由自主地發出一下讚嘆聲來！

木蘭花和安妮在一張圓桌前坐了下來，拉著小提琴的樂師，立時來到了她們的桌旁，另外有一位彬彬有禮的中年人也走了過去，道：「我是威尼斯日報的記者，請問公主，是從東方哪一個國家來的？」

那位記者先生竟連問都不問，就將木蘭花當成了是什麼國家的公主！木蘭花笑道：「我不是公主，只是平民，我叫木蘭花。」

「木蘭花？」那記者皺起了眉，「我好像聽到過這個名字，這名字和法國的巴黎好像有聯繫，小姐，你可曾到過巴黎？」

「到過。」木蘭花說：「在巴黎，我曾和世界最龐大的暗殺組織作過對！」

那記者突然叫了起來，他的叫聲是如此突然，令餐廳中的人都向他望了過來，那記者忙道：「是了，你就是女黑俠木蘭花！」

木蘭花當日在巴黎和暗殺黨作戰，那是轟動歐洲的大新聞，那記者一經提醒自然記得，他興致勃勃道：「請問小姐來威尼斯做什麼？」

「我來取回本來屬於我的一件東西。」

「那是什麼？」這位記者立時開始採訪。

「對不起，我不想說。」

「蘭花小姐，你的英勇事跡一直令人懷念，我可以替你拍一張照，再將今天的訪問發表在我們的報紙之上。」

「可以。」

那記者又問了很多問題，替木蘭花和安妮拍了照，又有很多人過來向木蘭花問好，以致她們的晚餐足足花費了六小時之久！

當晚，她們渡過了平靜的一晚。

第二天早上，木蘭花打開報紙，就看到她和安妮的照片被刊登在十分主要的地位，還有一篇很長的特寫文章，題目是：「美麗的東方超人，她來威尼斯是要取回一件東西。」副題是：「誰奪走了她的東西，還是快交出來吧，她是無敵的。」

木蘭花看了一看，放下了報紙，道：「安妮，我們用完早餐，便去遊覽一下威尼斯風光，然後，我想一定有客人來找我們了。」

「一定會有？」安妮仍不免疑惑。

「一定，」木蘭花回答得十分肯定，「黑手黨總部一定已接到了東方支部被摧毀的報告，而我們的訪問又被登了出來，除非黑手黨全是一群傻瓜，不然他們就非來找我們不可！」

安妮打電話，吩咐侍者將早餐送進房間來，她們用完了早餐，走出酒店。走了不到十幾碼，就從石級到了一艘船上。

船立時蕩了開去，她們坐在船上，繞著水道，足足遊玩了幾小時，直到中午，才回到了酒店。

才一進酒店大堂，一個侍者就過來，道：「有你的信，小姐！」

木蘭花和那侍者一起走到大堂的櫃檯前，一封信已到了她的手上。

木蘭花立即拆了開來，信上只寫著兩句話：「小姐，下午兩時，敝人將來造訪。」信末的署名是：史特朗教授。

木蘭花笑了一笑，安妮低聲問道：「蘭花姐，這個史特朗教授，就是黑手黨的人？」

木蘭花道：「我想是，我們用完午餐，還可以休息一會。」

她們走進了餐廳，受到殷勤的招待，她們也根本像是沒有什麼要緊的事情一樣，到了兩點正，她們的房門就響起了敲門聲。

安妮控制著枴杖，滑了過去。將門打開。

在門外，站著一個衣著十分整齊的中年紳士。那中年紳士提著一隻公事包，門一開，他就微微鞠一躬，道：「我是史特朗教授。」

木蘭花道：「請進來。」

史特朗教授走了進來，安妮將門關上，她就站在門旁，那樣，如果來人有什麼異動，安妮也足可以控制著整個局面。

史特朗教授來到了木蘭花身前，木蘭花伸出手來，和他握了一握，然後教授坐了下來，木蘭花道：「教授，你為什麼而來？」

史特朗教授笑了笑，道：「蘭花小姐，關於你威尼斯之行的目的，是不是可以略微改變？我想，這對雙方都是有利的。」

木蘭花站了起來，對方這一句話，已證明他的身分了！

木蘭花是在等她自己所料，果然不錯，她到了威尼斯，再一給宣傳，黑手黨方面果然派出人來找她了，這個人，就是史特朗教授！

但是木蘭花卻仍然笑著，道：「我不明白你在說些什麼，我到這裡來，有我的目的，那是我個人的事，與別人什麼相干？」

史特朗教授笑了起來，他笑得十分奸滑，道：「蘭花小姐，我們不必再打啞謎了，我，是屬於黑手黨的，你是想和我們來作對的，可是？」

木蘭花的語氣，平淡得出奇，她道：「我猜你料錯了，我從來不同任何人作對，我被人騙去了一樣東西，現在我要取回來，如此而已！」

史特朗教授的語氣咄咄逼人，他道：「可是，那東西卻在我們手中，蘭花小姐，你不和我們作對，怎能夠取得回來？」

木蘭花笑得十分有趣，她幾乎不必思索便道：「教授，我想你犯了一個邏輯上因果倒置的錯誤，而是你們和我作對！」

史特朗教授呆了半晌，看來，他在來這裡之前，未曾想到木蘭花的語鋒是如此之尖銳，和口才是如此敏捷的。

他在呆了半晌之後，才道：「那麼，有沒有折衷的辦法，譬如說，我們雙方可以提供一個數字，與你交換那件東西？」

木蘭花像是很有興趣地聽著，然後，她才道：「你們用什麼來和我交換呢？是整個威尼斯，還是整個羅馬，或是整個米蘭？」

木蘭花接著說出了義大利三座名城的名字，史特朗教授的面色在突然之際變得非常難看。

木蘭花那樣說，自然是有作用的，她的作用便是在暗示史特朗教授，她已經知道那東西和古代的一個城市有關，已完全知道了那東西實際上的價值！

而史特朗教授面上變色，也證明他明白了木蘭花的暗示！

史特朗教授沉吟了片刻，才道：「蘭花小姐，既然是那樣的話，請允許我打一個電話，我要和我的上峰聯絡一下，才能決定。」

木蘭花毫不在乎地道：「隨便！」

史特朗來到了電話前，撥動著號碼盤，等了沒有多久，便聽得他講起話來，他所講的話，木蘭花連一個字也聽不懂。

而從那種話的音節聽來，和朱英在紅雲大廈，黑手黨支部中發佈命令的語言一樣，由此可以證明那是他們獨特的一種語言。

一個犯罪組織，竟完善到了有他們組織中自己的語言，這個組織之龐大，也是可想而知的了。

木蘭花雖然外表上極其鎮定，但是事態發展下去，會有什麼樣的結果。她實在一點把握也沒有！

史特朗大約講了三分鐘，才放下了電話。

他轉過身來，用十分嚴肅的神情，道：「蘭花小姐，我們組織中一位十分重要的人物，想邀請你去和他會一會面。」

木蘭花揚了揚眉：「他是誰？」

「我不能洩露他的身分，但相信我，他極其重要。」

木蘭花打了一個呵欠，懶洋洋地道：「好，我可以和他會面，我們如何見面？」

史特朗道：「請你現在就跟我走。」

木蘭花道：「我和我妹妹，我們不分開！」

「歡迎，兩位小姐自然在一起。」

木蘭花站了起來，道：「安妮，我們走吧！」

安妮用一種十分疑惑的眼光，望定了木蘭花，因為她覺得木蘭花不應該接受這項邀請，因為那無異是自己送入虎口之中！

她只向木蘭花望了一眼，木蘭花已完全明白了她的意思，木蘭花只是向她笑了一笑，木蘭花那充滿了信心的微笑，等於是在告訴安妮，不要緊的，我自有安排！

安妮根本沒有說什麼，她只是默然地打開了門，史特朗走了出去，木蘭花和安妮跟在後面，出了酒店，一輛極豪華的黑色房車，就駛到了酒店的大門前。

他們三個人一起登上了那輛房車，車子向前疾駛，威尼斯主要的街道全是水道，可以行駛汽車的街道都相當狹窄。

汽車一直向前駛著，一小時之後已經來到了郊區，接著，便駛進了一條兩旁全是大樹的大路，又過了二十分鐘，才轉進了一條支路。

這時，已經可以看到一座古堡式的，極其雄偉的建築，就在前面不遠處了。

車子在兩扇大鐵門前略停了一停，繼續前駛。

木蘭花和安妮所看到的是一座大得出奇的花園，花園中的草地和樹修剪得極整齊，像是那不是真的草，真的樹一樣。

在一幅草地的中心，有一個大噴泉，那大噴泉噴出的水柱，足有五十呎高，大噴泉兩旁，還有許多小噴泉圍繞著。陽光映在噴泉之上，映出一道絢麗多彩的彩虹來，襯著後面雄偉的古堡，真像是童話中的境界一樣。

車子繞過了噴泉，在古堡前停了下來。古堡的兩扇高大厚實的古銅門，慢慢打開，四個穿著鮮紅制服的僕役一字排開，走了出來，車子停下，史特朗立時拉開車門。

當木蘭花和安妮兩人步出車門之際，在古堡的頂上，突然傳來了一陣長號聲，她們抬頭看去，在陽光下，足有十來支長號在閃閃生光，由制服鮮明的號手吹奏著。

木蘭花看了一下，道：「安妮，你看，歡迎儀式倒像是很隆重呢！」

史特朗忙道：「是的，這是但尼克公爵對貴賓最隆重的歡迎儀式，但尼克公爵的祖上歡迎英國公主，也不過用十二名號手。」

一聽到「但尼克公爵」這個名字，木蘭花陡地吸了一口氣，她的神色也變了一變，安妮立時覺察到了這一點。

木蘭花：「噢，原來要見我的是他！」

「是的。」史特朗陪著她們上石階。

木蘭花笑道：「你倒未曾說錯，他的確是非常重要的人物！」

「是啊！」史特朗點著頭，「像我，在組織內的地位也已不算低了，但是一年之中也難得有機會見到他一次！」

安妮低聲問道：「這個什麼公爵，是全黨的領袖？」

「不是，」木蘭花也低聲回答，「沒有人知道最高領袖是誰，但這位公爵，是最高決策的三巨頭之一，確是極重要的人物！」

他們一面說著，一面已走進了寬敞之極的大廳，大廳豪華美麗得令人有氣喘不過來的感覺，而最惹人注目的是大廳正中，那一組高約十五呎，線條優美之極的石雕像，看來絕不是出於近代的藝術家之手！

他們走進大廳之後不久，兩名穿著管家制服的男子走了過來，向木蘭花和安妮鞠躬為禮，然後道：「教授，公爵在書房中。」

他們一說完，立時轉身向前走去，他們經過的地方，全都鋪著猩紅色的厚厚的地毯，然後，他們來到了兩幅大門之前。

大門上浮雕著許多人像，看來好像全是但丁「神曲」中的圖畫，但是木蘭花還未及細細欣賞，門已經向兩旁移了開來。

木蘭花看到門內是一間小型全是書架的書房，在書房的正中，一張巨大的書桌之後，正有一個三十左右的年輕人，微笑著站了起來。

那年輕人可以說是標準的拉丁美男子！

他站起來之後，約有六呎高，天生的黑色鬈髮，明亮的眼珠和挺直的鼻子，他的臉上帶著十分親切的微笑，而他所穿的，則是一件鮮黃色的運動衫！

木蘭花和安妮一看到了那年輕人，都不禁陡地一呆，一時之間，她們心中同時自己問自己：這是誰？如何會在這裡的？

但那年輕人已走了出來，笑著道：「歡迎，歡迎來到我的堡中！」

史特朗也踏前一步，道：「公爵，能見到你，真是榮幸。公爵，這位是木蘭花小姐，這位是安妮小姐。」

木蘭花微微吸了一口氣，眼前這年輕人就是但尼克公爵！

這真是她未曾料得到的事，她以為公爵一定是一個古怪陰森的老頭子，怎知卻是一個有著如此明朗英俊和體育家般體格的年輕人，而他，就是在黑手黨中，有著極高地位的人！

但尼克公爵伸出手來，和木蘭花握著手，又和安妮握著手。他一直笑著，道：「請坐，兩位肯來，我真是很高興，請坐！」

木蘭花和安妮在柔軟的真皮沙發上坐了下來。

史特朗仍然站著，但尼克公爵也根本不去理睬他，他拉過一張椅子，坐在木蘭花的對面，開門見山地道：「蘭花小姐，真對不起，我看過了全部的資料，我們的人竟然用那種下等的方法來欺騙你！」

「如果你在表示抱歉，那麼，」木蘭花微笑著，「最好的補救方法，就是將那東西還給我。不然，你的手段也未見得高明。」

但尼克公爵笑著道：「我佩服你的勇氣，小姐，我真的佩服你的勇氣，我自然不會淺薄到來誇耀自己的武力，但是可允許我列舉一些事實？」

木蘭花攤了攤手，道：「措詞雖然不同，實際卻是一樣，你說吧！」

但尼克公爵忽然呆了一下，像是因為木蘭花的話，令得他感到不好意思，是以他未曾再說下去，他來回踱了幾步，才道：「蘭花小姐，我想，你來到的時候，也沒有準備一見到我，就可以順利地將你要的東西取回去吧？」

「是的，但不論你們出什麼手段，我都有應付的方法，不然，我就不會前來了。」木蘭花鎮定地回答著，直視但尼克公爵。

但尼克公爵又來回踱了幾步，忽然笑道：「如果我就那樣將這東西還給你，蘭花小姐，你也該知道我們組織是不會那樣做的，這表示我們的組織太沒有力量了，但如果，蘭花小姐，你們兩位能夠通過一個小小的難題的話，那麼就——」

「那麼就怎樣?」木蘭花立時問。

「那麼,我就以我的人格作擔保,將那東西還給兩位,並且送兩位出古堡。」但尼克公爵站住了身子,十分鄭重地說。

木蘭花注視著他,道:「你的人格——」

「小姐,我不嫌你侮辱我,」公爵立時搶著說:「但是我可以告訴你,在組織中,我以說一不二而著名。」

木蘭花心中在迅速地轉著念頭。但是在未曾明白對方要自己通過的是什麼難題之前,她也是難以預測到對方真正心意的。

她點了點頭,道:「好,什麼難題?」

「在後花園中,有一座迷陣,那是用無數根四公呎高的木柱建成的,面積是一萬平方公呎,兩位進去之後,如果能走出來,就贏了。」

「如果走不出來呢?」

「七天之後,我會帶你們出來。」

木蘭花吃了一驚,七天!那也就是說,這座迷陣可以將人困住七天之久!

她正在想著,安妮已經道:「七天,我們早餓死了!」

「迷陣中有食物,也有睡覺的場所,但你們切勿試圖爬越木柱之上,因為木柱之上是通有強烈電流的鐵絲網，絕不能越過的！」

但尼克公爵在講完之後，略停了一停，才問道：「怎麼樣？是不是接受挑戰？」

木蘭花迅速地想著，一個一萬平方公呎的迷陣，並不算太大，然而但尼克將它當作鄭重的安排，那一定有它的獨特之處。

木蘭花自小就喜歡解一切難題，她對於迷宮、迷陣這一類的遊戲，更有獨特的智識，她更寫過一本書，是專論迷宮和迷陣以及解破的方法的，因之，就算不是為了可以得回寶貝，她也一定會接受那項挑戰的。

她考慮了半分鐘，才道：「陣中可有其他的埋伏？」

「絕沒有！」但尼克公爵斬釘截鐵地回答，「如果有的話，那麼，就失去了迷陣遊戲的意義，而變得只是一個普通陷阱了！我要附帶說明的是，這座迷陣建立於十六世紀，建成之後，還沒有人能夠未得堡主人的帶領，而可以自己走出來的。」

木蘭花微笑著道：「好，我願意試試！」

但尼克笑道：「好，我知道你是一定不會畏縮的！」

他說著，已向外走了出去，木蘭花和安妮兩人一起跟在他的後面。

不一會兒，就來到了古堡後面的花園中，而一到花園，就看到了那迷陣。

那迷陣看來就像是一座完全由木柱豎立而成，其大無比的平臺，木柱十分密，幾乎是一根捱著一根，看不出任何空隙來。

每一根木柱都有四公呎高，在木柱之上，則是一層鐵絲網，鐵絲網的網孔只有拳頭大小，絕不能供一個人進出的。

公爵帶著她們，來到了迷陣的入口處，可以看到一條只有一公呎寬的通道，他道：「兩位必須在對面走出來，在七天之內，你們就贏了！」

木蘭花問道：「休息的地方和食物——」

「你們隨時可以見到的，請！」

木蘭花和安妮毫不猶豫地向內走了進去，那時正是陽光燦爛的下午，可是一走進了迷陣之中，卻令人感到十分陰暗。

通道只有一公呎闊，兩旁全是一根排著一根，一點空隙也沒有的木柱，木蘭花和安妮迅速走到了第一個轉彎處。

木蘭花停了下來，道：「做一個記號，寫個『一』字。」

安妮取出了一柄鋒銳的小刀來，在木柱上劃上了個「一」字，她們繼續向前走去，又走出了十來步，前面一共有兩個岔口。

木蘭花道：「再劃記號，如果我們走錯了路，退回來，再走另一條路，那是走出任何人工的迷陣最妥當的辦法了。」

安妮又用小刀在木柱上劃了一個「二」字，和一個「三」字，她們向劃著「二」字的通道走過去，一路都劃著記號。

不一會兒，她們就來到了一個較為寬闊的所在，那裡有一張十分舒服的籐製長椅，而且還有很多罐頭食物，木蘭花和安妮坐了下來，休息著，喝了一些罐頭飲料，才又繼續向前走去。

那迷陣的整個面積是一萬平方公呎，也就是說，是一百公呎見方。那並不是一個太大的面積，照木蘭花那樣的方法走去，應該不到幾個小時就可以走出迷陣的了，可是一直到天色黑了下來，她們仍然在迷陣中。

她們每到一個岔路口，便劃下記號來，一個岔路走不通，就退回來再走第二個岔路，然而在第二個岔路中，又會遇到別的岔路。

木蘭花知道她和安妮只不過是在一百公呎見方的範圍內打轉，可是就是轉不出來，現在，她根本不知道她們已在何處了。

在天黑之前，木蘭花和安妮曾三次回到那張籐椅和在罐頭食物的地方，可知她們在迷陣中走了幾小時，一點也沒有進展！

當她們最後回到籐椅處的時候，連續不斷步行了幾小時的木蘭花，也覺得有些疲倦了，她在籐椅上坐了下來。

安妮呆了一呆，也坐在木蘭花的身邊。

天色已十分黑，她們在白天也走不出去，晚上更是不可能走出去的了，她們唯一辦法，就是好好地睡一覺，等待明天來努力。

所以，木蘭花在一坐下之後，就閉上眼睛。

安妮雖然也很疲倦了，可是她一點睡意也沒有，她看了看木蘭花，好幾次想說話，都忍住了，最後，她實在忍不住，才道：「蘭花姐，為什麼我們走來走去，一直是在老地方！」

木蘭花過了好久，才道：「我也不明白。」

安妮道：「我們經過的每一個地方都做下了記號。我們不應該會走回頭路，為什麼會回到老地方來，我真是想不透。」

木蘭花又過了好久，才道：「我也一樣想不透，但現在想也想不出名堂來，還是好好地睡一覺，明天再來繼續努力的好！」

那張籐椅十分寬，她們兩人可以一起躺下來。

她們躺了下來之後，可以透過鐵絲網的格子，看到天上的星星，好在天氣相當熱，露宿也不要緊。

安妮在看到了天上的星星之後，忽然說了一句十分孩子氣的話，道：「保佑不要下雨才好，如果下雨，那我們可就糟糕得很了！」

木蘭花不禁給她的話逗得笑了起來。

那一晚，木蘭花好像睡得很好，但安妮可以說根本沒有睡著過，一直到天亮，她才因為實在疲倦。才沉沉地睡了過去。

木蘭花醒來時，看她睡得那麼沉，倒也不忍心叫醒她，等到安妮醒過來，已經是上午十一時了，但是木蘭花卻也沒有浪費那幾小時。

在那幾小時之中，她苦苦思索著，她知道在那迷陣之中，一定有著什麼巧妙的佈置，令得她在不知不覺中走回原地來，如果她能夠突破這種佈置的話，那她就一定可以走出這個迷陣了！

安妮一醒來，吃了些罐頭食物，她們又開始向前走去。

向前走去的窄路，她們已經走過三次了，這一次，她們走得更小心，照著記號，小心地向前走著，一到轉彎的地方，根據所做的記號轉著彎，但是在半小時之後，她們又回到了原來的地方。

安妮嘆了一聲，木蘭花道：「別氣餒，我們走另一條通道！」

這一次，好像有了新的發展。她們走了大半小時之後，並沒有來到原來的地方，而是到了一個新的，她們未曾做過記號的岔路口。

安妮心中大是高興，發出了一聲歡呼。

但是木蘭花一點也不覺得高興，她雖然是來到了一個新的地方，這表示有些進展，但是木蘭花卻不知道自己何以會忽然回到原來的地方，忽然又有了新發現的。

她之所以能夠來到一個新地方，可以說是偶然的。而想走出一個佈置嚴密，設計精巧的迷陣，單憑偶然的因素，而不是識破了其中的訣竅的話，成功的機會可以說微乎其微！

木蘭花呆立了片刻，道：「好，我們還是照原來的辦法，一面做記號，一面向前走去！」

她們繼續向前去，不一會兒，又發現了另一處休息的所在，那地方，也是一張籐椅和另一批食物，她們停下來，吃了一些東西。

但是當她們又開始前進的時候，昨天的事又開始重演了，她們整個下午都是在兜圈子，一直到了天黑，她們又回到那第二處休息的地方！

儘管安妮知道木蘭花一定不贊成，但是她還是長長地嘆了一聲，坐了下來，道：「蘭花姐，為什麼呢？為什麼我們做的記號，一點用也沒有？」

木蘭花發著呆，安妮講得對，為什麼她們做的記號一點用處也沒有？

一個個記號，清清楚楚，她們不可能走重複的路，但是何以偏偏她們老是在兜圈子？

木蘭花並沒有回答安妮的問題，因為她自己也揭不開這個謎。

天已黑了，她們自然不能繼續走，又在籐椅上躺了下來。

木蘭花和安妮都直到半夜才睡著，當陽光照進了迷陣來的時候，她們才醒，當她們醒過來時，已是在迷陣中的第三天了。

她們又向前走著，這一次，在回到了原來的地方一次之後，她們又發現了一個新的，木柱上未曾有過記號的岔路口！

這一天，連安妮也不感到興奮了！

因為她也料到了事情的發展，必然仍是那樣，向前走，她們會發現另一處休息的所在，然後，直到天黑，她們一直兜圈子！

木蘭花的眉心打著結，她望著那岔路口，足足呆了有半分鐘之久，才突然沉聲道：「安妮，我們往回走！」

安妮呆了一呆，往回走，那豈不是更回到老地方去了？但是她知道木蘭花那樣說，一定是有她的用意的，是以她連忙轉身，和木蘭花往回走去。

她們才轉了一個彎，眼前看到的情形，就令安妮憤怒得緊揮了拳頭，漲紅了臉，而木蘭花卻長長地舒了一口氣，因為她明白她們何以被困在迷陣中了！

她們看到，岔路口的木柱，有一根正在向下沉去，當那根木柱完全沉沒之後不久，木柱又向上升來，一點聲息也沒有。

看來，每一根木柱全是一樣的。

但是木蘭花和安妮兩人卻可以看到不同點，因為那根沉下去的木柱上刻著「十七」，而升起來的木柱上，卻刻著「十八」；也就是說，在那迷陣之下，有著複雜之極的裝置，可以令木柱任意調換，在那樣的情形下，木蘭花和安妮所做的記號，反倒愚弄了她們自己！

她們以為在走一條新的路，但由於木柱的位置已被調換過，她們走的仍是老路，所以會一再回到一處固定的地方來。

而每一天，也都讓她們發現一處新的地方，當然，但尼克公爵是早已算好了，在他的安排下，木蘭花和安妮七天之內是出不了迷陣的。

因為任何人在迷陣中，發現了新的通道，總是急急向前去，但木蘭花在悟到了其間一定有不對頭的地方，偏偏走了回頭路，而一走回頭路，她就發現了木柱頂換的秘密！

在發現了這個秘密之後，再要走出那迷陣，當然不是什麼難事了，安妮用小刀削下許多木片來，她改用木片放在地上做記號，而根本不將記號刻在木柱上。

當天的黃昏時分，木蘭花和安妮就出了迷陣！

在但尼克公爵的書房中，但尼克公爵滿面笑容，歡迎著木蘭花和安妮，他連聲道：「兩位真了不起。兩位實際上只用了四十八小時！」

安妮冷笑道：「我們還睡了兩夜。」

木蘭花道：「依照你說一不二的諾言，你應該將那東西還給我們了！」

「自然是，我已派人去取了，兩位請去休息一下，有專人服侍兩位，然後，我們共進晚餐，在進食中，那東西一定可以送來了。」

但尼克公爵倒真是「說一不二」，在幾個美麗的女侍服侍下，木蘭花和安妮痛痛快快地洗了一個澡。休息一下之後，她們和公爵一起進餐。

才吃到龍蝦，史特朗教授就來了。

史特朗捧著一隻木盒，放在木蘭花之前，木蘭花打開盒蓋來，盒中放置的，正是穆秀珍蜜月歸來帶給她的那引起軒然大波的東西。

木蘭花拿起來，仔細地審視著，那不是贗品，真正是她的那一件。

剎那之間，木蘭花的心中充滿了疑惑，何以對方肯將那東西還給她了？那似乎是不可能的一件事，但那東西又確然在她的手中！

然而當她回到了酒店中時。她這種疑惑更甚了，她本來還以為但尼克公爵仍會出什麼花樣，但現在看來，已沒有花樣可出了！

安妮的心中，自然也充滿了同樣的疑問！

她望著木蘭花，木蘭花和她一起坐在露臺上，一直靜默了好久，木蘭花才打了一個呵欠，道：「安妮，打一個長途電話給高翔。」

「說些什麼？」

「說我們已取回了東西，明天就回來了。」

「蘭花姐，事情就這樣完了嗎？」

木蘭花呆了幾秒鐘，才慢慢地道：「我們已取回了那東西，怎麼能說事情不完呢？」

安妮還想問什麼，但是未曾說出口來，她向著電話走去，而木蘭花則望著下面，來來往往，綴著綵燈的船隻。

威尼斯是美麗的，威尼斯之夜更美麗！

請續看《木蘭花傳奇》22 鬥古城

倪匡奇情作品集

木蘭花傳奇21龍宮（含：金庫奇案、龍宮寶貝）

作　者：倪匡
發行人：陳曉林
出版所：風雲時代出版股份有限公司
地址：10576台北市民生東路五段178號7樓之3
電話：(02) 2756-0949
傳真：(02) 2765-3799
執行主編：朱墨菲
美術設計：許惠芳
業務總監：張瑋鳳
出版日期：2024年4月
版權授權：倪匡
ISBN ：978-626-7369-64-7
風雲書網：http://www.eastbooks.com.tw
官方部落格：http://eastbooks.pixnet.net/blog
Facebook：http://www.facebook.com/h7560949
E-mail：h7560949@ms15.hinet.net
劃撥帳號：12043291
戶名：風雲時代出版股份有限公司

風雲發行所：33373桃園市龜山區公西村2鄰復興街304巷96號
電話：(03) 318-1378　　　傳真：(03) 318-1378
法律顧問：永然法律事務所 李永然律師
　　　　　北辰著作權事務所 蕭雄淋律師

行政院新聞局局版台業字第3595號 營利事業統一編號22759935

定價：299元　

國家圖書館出版品預行編目資料

龍宮／倪匡 著. -- 臺北市：風雲時代出版股份有限公司, 2024.02 面； 公分.（木蘭花傳奇；21）

ISBN : 978-626-7369-64-7（平裝）

857.7　　　　112021903